故事会 精品系列

故事会

家庭故事

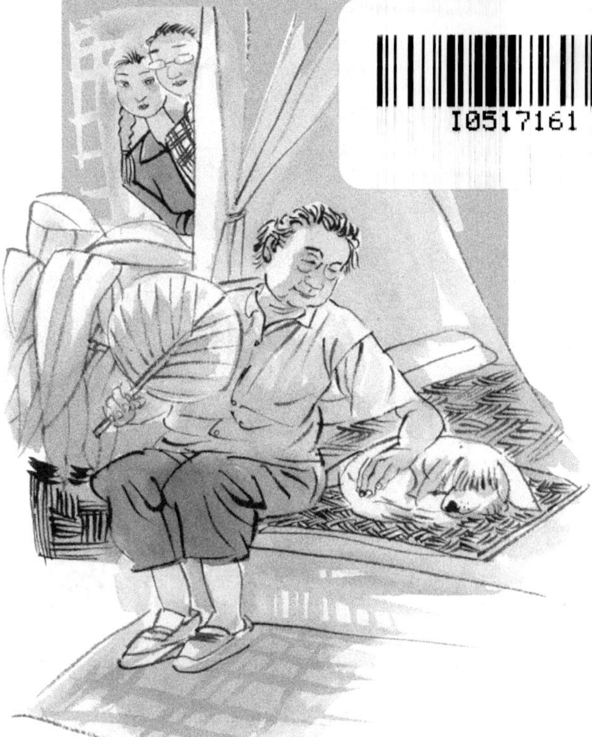

I0517161

上海锦绣文章出版社
上海故事会文化传媒有限公司

上海文艺出版（集团）有限公司

图书在版编目（CIP）数据

家庭故事 《故事会》编辑部编 – 上海：上海锦绣文章出版社
（故事会精品系列） ISBN 978-7-5452-0249-6
Ⅰ．①家…Ⅱ．①故…Ⅲ．故事－作品集－世界 Ⅳ．I14
中国版本图书馆 CIP 数据核字 (2009) 第 015625 号

丛 书 名：故事会精品系列

书　　名：家庭故事

主　　编：何承伟

编　　委：何承伟　吴　伦　姚自豪　夏一鸣

责任编辑：刘迎曦　鲍　放

装帧设计：王　伟

责任督印：张　凯

出　　　　版：　上海锦绣文章出版社

　　　　　　　　上海故事会文化传媒有限公司

POD 海外发行：　中国图书进出口上海公司

　　　　　　　　电话：021－36357888

　　　　　　　　传真：021－36357896

　　　　　　　　地址：上海市虹口区广中路 88 号

　　　　　　　　邮编：200083

目　录

家 有 贤 妻

满天星星，抵不上一个月亮。一个贤妻，她是青年人的恋人、中年人的伴侣、老年人的看护。

贤妻助夫

那一年春天的一天晚上,"当当当……"海关大钟已敲过十下,在风雨交加的马路上,匆匆走来一个人。只见他身披一件塑料雨衣,脚蹬一双半高统雨鞋,圆圆的脸,淡淡的眉毛下滚动着一双温和的眼睛。

他,就是上海电料厂工人,姓温,单名一个林字,今年32岁。他心肠好,胆子小,平时踩死个蚂蚁心要疼,见只癞蛤蟆要绕着走,是全厂出名的菩萨心肠,大好人。现在下班回家,半路遇上雷阵雨,慌得他裹紧雨衣朝前奔跑。

还没拐过淮南路,只听前面传来"扑通"、"哎呀"的声音,一个黑影躺在地上不动了。温林心里一惊,上前一看,是一个妇女,正在一边挣扎一边痛苦地呻吟着。

温林弯腰搀起那人,关心地问:"同志,摔伤了没有?"

那妇女没有回答,只是用手不住地揉着膝盖。

温林急忙脱下雨衣,往她身上一披,说:"你家在哪?我送你回家。"

那妇女感激地看了温林一眼,无力地说了声:"拐过两条马路就到了。"

温林没再说什么,搀住她一瘸一拐地朝前走去。

十分钟后,他们就在一幢石库门房子前停住了。那妇女开了门,温林又扶着她一步一步上了楼梯,来到一间布置得非常漂亮的房间里。

那妇女见温林浑身淋得湿透,感到很过意不去,为了表示感谢,她热情地给他泡茶、拿烟,又从柜里拿出了糖果,嘴里还一个劲地说着感谢的话。

温林拘束地坐在那里,半天才突然想起问一句:"这里就你一个人吗?"

"嗯,丈夫去厂里值夜班了。"

温林一听,神经质地从沙发里一跃而起,说一声:"再见!"也没等对方回答,就向楼梯口走去。

才下了一级台阶,猛听得楼下传来一阵急促的敲门声,一个粗声粗气的男嗓门在喊:"方英,开门,我钥匙掉在家里了。"

那个被叫作方英的妇女突然脸色剧变,一把拉住正欲下楼的温林,声音发抖地说:"不好了!我、我丈夫回、回来了,我……"

温林莫名其妙地看着方英的面部变化,说:"你丈夫回来就回来,为啥这样紧张?"

方英惊恐地压低嗓门说:"平时,我丈夫看见我和男人在一起,就要骂,最近他当上了啥头头,更凶了,今天这么晚被他看见,还不把我打个半死啊!"

温林说:"你去开门,我跟他解释一下。"

"嘭嘭嘭"敲门声伴着那男的骂声又响了起来:"人死啦,怎不开门呐?"

方英哭着哀求:"同志,你好事做到底,找个地方躲躲吧。"

温林双手一摊,为难地说:"躲起来?那像什么话呀!"

"同志,他是值夜班,马上就走的,你先在这厕所间里躲一躲吧。"方英说着,跪了下来。

那女人的苦苦哀求,打动了温林那颗善良的心,他终于走进厕所间。

方英擦去了泪水,稳稳神,下楼开了门。

她的男人贾大权一边上楼,一边骂不绝口。他一进房门,就用一种怀疑的眼光东张西望,当他看到方桌上摆着香烟、糖果,还有一杯冒着热气的浓茶时,就像只发疯的野兽,冲上去一把揪住方英的头发,吼道:"谁来过?人哪儿去了?"

方英吓得又是摇头,又是摆手,连连否认:"没,没,没人来……"

"啪啪"两记响亮的耳光,接着一阵拳打脚踢,桌凳碰翻了,茶杯打碎了。贾大权一边打一边骂:"你这个不要脸的,竟敢趁我值夜班勾引野汉子,看我不揍死你……"

这时,躲在厕所间里的温林,出去不敢,逃又无路,全身就像三九严寒又泼了一瓢子冷水,止不住"得得得"地打起寒战来了。

贾大权把方英往沙发上一推,突然走去拉开厕所间的门,当他看见一个陌生男人呆呆地缩在里面,就穷凶极恶地一把揪住温林的头发,拖了出来。

温林刚想张口申辩,"啪啪啪……"几个又响又脆的大巴掌飞到了嘴边,打得温林眼前金星直冒,鲜血从嘴边流出来。"砰"他腰里又挨了一脚,"扑通"一声跌倒在地板上。

贾大权叉着腰,声色俱厉地喝道:"吃了豹子胆?敢到老子家来通奸。说,哪个单位的?"

这一顿闷头闷脑的痛打,把温林打得晕头转向,他呆呆地望着对方,一动不动地坐在地板上,直到腰里又挨了一脚,才清醒过来。他爬起来,擦着嘴边的血迹,委屈地解释说:"你别误会,我是见她摔伤了,才送她回来的。"

方英也说:"他、他说的是实话。"

贾大权狠狠瞪了方英一眼:"装得倒像。你是她什么人? 躲到厕所间里干啥?"

温林平时就不善于说话,碰到这种浑身长了嘴巴也说不清的尴尬事,越发没词了,只是翻来覆去几句老话。

而此时的方英,再也不敢开口了,只顾蒙着脸,缩在沙发里低声哭泣。

闹了足足有半个钟头,贾大权好像气消了一点,叼上一支烟,长叹一声:"都是我家教不严,才闹出这种丑事,传出去可怎么做人!"

温林还想说什么,只见贾大权把眼珠一转,突然阴沉沉地说:"你看,这事是官办呢,还是私办?"

温林困惑地问:"什么官办、私办?"

"嘿嘿嘿,官办就是一起到文攻武卫指挥部去,告你个通奸罪。私办嘛,我们自己解决。"

温林点点头说:"私办,私办。"

"那好,你拿三百元钱来。"

"你……"方英惊恐地从牙缝里挤出一个字来,被丈夫双眼一瞪,又吓得缩了回去。

"轰"贾大权的话像一声惊雷在温林头上炸响,震得他几乎又要倒下去。三百元,我的老天,我一个月才挣多少钱,这不是坑人吗? 委屈、懊悔、愤怒,使温林不顾一切冲上去,拉住贾大权的衣袖:"上文攻武卫指挥部去! 我光明正大,不怕说不清楚。"

贾大权一甩手，"嘿嘿嘿"一阵干笑："你半夜三更躲到人家的厕所间里，非奸即盗，还嘴硬！告诉你，三百元是赔偿我的名誉损失，还算便宜了你。不然一到那边，只要我对弟兄们打声招呼，招待你的是皮鞭、木棍、剪头发、游街、批斗，最后戴上坏分子帽子，叫你监督劳动一辈子！"

贾大权几乎是一步一句地把温林逼到了墙脚根，冰凉的墙壁冷透了他的心，他好不容易鼓起来的那股勇气，全给这一连串恐怖的话吓飞了。贾大权说的这些，他在厂里也亲眼看到过，落到那下场，一辈子坏了名声，将会给自己带来多大的痛苦……

他想到自己心爱的妻子金梅，是那样聪明能干，虽然一张嘴像把尖刀似的，说出话来犹如机关枪，但她心地善良，是那样地体贴自己，难道也让她跟着我丢人吗？

温林的目光又落到了沙发里那个可怜的女人身上。罢罢罢，为了她们，要想躲过这场灾难，不出钱，还有啥办法呢？温林昏昏沉沉地按照贾大权的摆布，写了一张"自悔书"，按了手印。

贾大权挥了挥纸条，说："明天上午十点，在南门百货店后门交钱，到时不来，嘿嘿嘿，这可是你亲笔写的啊！"

这里暂且不表温林走后，贾大权如何对待他的妻子。只说那可怜的温林一脚重、一脚轻地回到家里，电灯没开就钻进了被窝，他只感到全身阵阵发冷，贾大权那狰狞的面孔一次次地在眼前浮现。他长吁短叹，左思右想：上告，不行！现在连法院的牌子都砸了，那群戴藤帽、拿铁棍的"文攻武卫"能听你的？不给，不行！那张"自悔书"往上一送，等于送了自己的前程；给钱，也不行！经济大权在妻子手里，不说明白，她哪肯拿出这么多钱；说明真情，也不妥，万一妻子当真怀疑自己在外鬼混，这个美满的家庭不是毁啦？这样不行，那样不妥，把个温林愁死了，翻来覆去哪里还能入睡？

时间一长，旁边的金梅受不住了："怎么啦，怎么啦，这么晚还不睡,在练功呐?"

温林不敢动了。可是,怎么办呢?办法想了一个又一个,就是一个也行不通,愁得他又不断地翻身。

这下,金梅火了,"啪"地拉亮电灯,说:"是吃多了撑得慌,还是……"话未说完,她就像触了电似的怔住了,原来她看到了丈夫那微微肿起的面孔和嘴角的血迹,慌忙撩起枕头毛巾就往丈夫脸上擦,一边还急切地问:"出了什么事?快说呀!"

这一擦一问,触动了温林的苦衷,泪水"扑簌簌"地直往下淌,哪里还能说出话来?

这情景使金梅更发慌了:"哎呀,你快说呀,光哭干啥?"

温林想想也无办法,一咬牙,哭着把事情从头到尾说了一遍,气得金梅直捶大床,一脚把被子踢了个底朝天。

温林忙不迭地声明:"我是可怜那个女人才躲起来的,金梅,你要相信我啊……"

金梅打断他话头道:"别说了,我还不相信你!走,我们找地方说理去……"

温林连连摆手:"那'自悔书'在人家手里,一去不得了!"

事情到了这般地步,叫金梅有啥办法?现在是好人受气、坏蛋神气的世道啊!无罪都能给人捏造罪名,自己的父亲不就连一点事情也没有,硬给关了起来?今天这个木瓜丈夫做的事情,一旦传出去,真不知落个啥下场呢!

金梅低头想了半天,才赌气地说:"从明天起,我们都别吃饭了,把钱省下来去喂狗吧!"

第二天早上,金梅从银行里取出了三百元存款,崭新的十元票在手中一甩"哗哗"直响。

金梅望着钱,想着心事,忽然像是发怒似的把一张十元钞票的一个角撕了下来,用一张《参考消息》将钱包好,到九点多才交给温林:"我上班去了,你把钱给那贼胚送去吧。"

一想到那冤枉钱,温林心疼得又掉下了眼泪。

"哭什么?以后长长脑子就行了。记住,一定要把'自悔书'要回来。"

这当口,在南门百货店的后门,贾大权嘴上叼了一支海绵头香烟,已经等在那里了,见温林来了,右手一伸,只一个字:"钱。"

温林取回"自悔书",三百元到了贾大权手里。

你看贾大权,真好比饿狗见了个大肉包子,贪婪地"嚓嚓嚓"一数,照原样包好,往黑皮包里一塞,紧跨几步,跳上了13路公共汽车。

温林噙着眼泪,望着那辆汽车飞驰而去。

且说贾大权略施小计,弄到这三百元钱,真像一把钥匙插进心窝——开心哪。你瞧,他竟随着车子的晃动,轻轻地哼了起来:"银头大洋白花花,世上无人不爱它……"

说起这个贾大权,原是一个游手好闲的无赖,"文化大革命"中,他趁乱造起反来,打、砸、抢再加上诈骗,他是样样沾边。且不说他那房子、家具是抢占的,就连这个妻子方英,也是从外地一个城镇诱骗来的。如今他又当上了"文攻武卫"的小头头,就更神气了。最近他专找岔子打骂方英,撵她走,有时在厂里值夜班,就悄悄地来到自家门口转转瞧瞧。昨天,当他快到家门口时,看见一个人架着方英一瘸一拐地走过来,他灵机一动,想出了"一箭双雕"的毒计,既能抓到方英的把柄,还能捞到一笔外快。现在如愿以偿了,他越想越感到得意哪!

这时,汽车已来到闹市区,乘客更拥挤了。

售票员是个挺认真的老同志,他提醒大家:"乘客们,人多手杂,各人当心自己袋里的钞票……"

话音刚落,突然从贾大权身边发出一声惊叫:"哎呀!我的钱没啦!"只见一位三十上下的青年妇女,急得像疯子一样在双脚乱跳。

此时车厢里大乱起来,人们紧紧地围住这位妇女,七嘴八舌地询问:"多少钱没啦?""快,再仔细找找……"

"这钱是我父亲开刀住院用的。刚领出来,整三百。我记得清清楚楚,全是十元的,有一张十元少一个角,是用3月2日《参考消息》包着的,上车还在呐!"她说着放声大哭,把大家的心都哭碎了。

"真作孽呀,哪个小子这么缺德,偷病人用的钱!"

"车子不要停站,搜……"

群众一说"搜",贾大权可沉不住气了,心里暗暗着急:真碰到鬼了,那女人说的怎么和我皮包里的钱一模一样啊?心里一紧张,脸也变色了,他双手捂住黑皮包,就要往人群包围圈外走。

这时,这个丢了钱的妇女,一双眼睛紧紧盯住了他。

贾大权心虚地干笑了一声,把个方脸拉成了长脸,简直比烂冬瓜还难看,双脚还是不由自主地向外移动。

"扎嗒!"贾大权胸前的衣服被这妇女揪住了:"刚才就是你在我身边挤来挤去的,钱是你偷的!"

贾大权心里虽慌,但他毕竟是久经沙场的老手,立即眼珠一弹:"你别乱咬人,当心吃耳光!"

"不偷干吗溜?"

"不偷你紧张什么?"

"搜他……"

人民是最维护正义的,大家一见这个流里流气的家伙就来气,纷纷帮着助威。

贾大权见事不妙,拔脚就想往车门口跑。

可哪里走得了!人们揪衣领、扭胳膊,旁边一个小青年一把夺过黑皮包,当众拉开,果然是用3月2日《参考消息》包的整整齐齐一叠三十张十元钞票,一张钞票上少一个角,一点不错三百元。

上海人平时最恨小偷,再加上这样乱的日子里,正找不到出气的地方,眼见此情,谁肯罢休?"揍!揍!揍!"这妇女一马当先,上去就是两记耳光,旁人也不甘落后,纷纷大显身手。

"我没偷,我这钱……"现在轮到贾大权说不清楚了。这钱是敲诈来的,这话一说出口,这狗头还不被暴怒的群众砸烂哪!贾大权只感到无数个拳头在自己身上捶击,人民的力量不可抗拒!

若问这位青年妇女是谁,她就是温林那聪明绝顶的妻子金梅。昨晚事情发生后,金梅想:在现在这种有理无处讲、有冤无处申的年代,只好靠自己斗争,靠群众惩凶顽。于是她设下巧计,狠狠惩治了贾大权这个害人虫,夺回了三百元,为她那老实温和的丈夫解了恨!

(吴 伦)

妻子海量

有一对小夫妻,结婚后相亲相爱,非常和睦。

有一天,妻子到外地出差,说是要去五天,结果,事情办得顺利,第三天就回来了。到家时,已是深更半夜。想到马上就要见到日思夜想的丈夫,想到丈夫见到自己时那种喜出望外的神情,她兴奋得脸像三月的桃花——红里透粉。

她掏出钥匙正要开门,忽然听见房间里有响声,再侧耳听听,是一男一女的嬉笑声,男的是自己的丈夫,女的声音却很陌生。

她心里"咯噔"一下,想起自己临出差时,曾听说有个女人在追求自己的丈夫,她感到丈夫对自己亲亲热热,恩恩爱爱,所以没往心里放,想不到现在丈夫真的背着自己和别的女人在干那见不得人的事。妻子越想越伤心,越想越恼火:哼,今天我非要捉奸拿双、大闹一场不可!

她气冲冲地拿起钥匙,就要开门,当钥匙快要插进锁孔时,她心里又猛地"咯噔"一下:不行,我不能这样做……于是,她强压怒火,冷静地思索片刻,才轻轻地把钥匙插进了锁孔。

门悄悄地打开了,妻子突然出现在房间里,这下子可把床上的一男一女吓得魂灵出窍,男的目瞪口呆,女的脸红耳赤,两人知道大祸临头了。

谁知,妻子朝他们看了一眼,说:"对不起,打搅你们了。"说完,放下挎包,打开衣柜,整理起东西来。

床上的女人,本以为对方一定会又哭又喊地对付她,没想到现在对方竟这样若无其事,一时间反倒更加害怕起来,她赶紧穿好衣服,跳下床,夺门而逃。

等那女人一走,丈夫才好像从梦中醒来。

他见妻子在整理东西,知道事情不妙,忙跌跌撞撞地跑过去,抓住妻子的手问:"你……"

妻子没有吭声。

丈夫更加着急了:"你、你想干啥?"

妻子这才冷笑一声:"强扭的瓜不甜,我走!"

丈夫急出了一身冷汗,"扑通"一声跪倒在地,哭丧着脸说:"我错了,我对不起你,要打要骂都可以,只是求你千万不要走,原谅我这一回吧……"

妻子望着丈夫,万分痛心地说:"在我的一生中,最爱的是你,我本以为你最爱的也是我,没想到今天你会做出这种事! 你叫我说什么好?"

丈夫摇头捶胸,万分悔恨地说:"我确确实实是最爱你的,刚才是一时糊涂干出这种缺德事,我可以发誓这是第一次,也是最后一次,以后再也不敢了。"

　　妻子整理东西的手慢慢停了下来,回头看看丈夫,不由得眼泪汪汪地说:"我是相信你的,就原谅你一次,要是再发生这种事,我们就桥归桥、路归路,各奔东西!"

　　听到这番话,丈夫悔恨地抱住妻子的腿"呜呜"哭起来,哭得上气不接下气,边哭边用拳头直敲脑袋。

　　见丈夫这样,妻子心软了,火气也消了。她扶起丈夫,温柔地说:"时间不早,该睡了。"说完,她拿出一张草席,铺在地上,又拿出一床新的棉被铺在草席上,准备睡觉。

　　丈夫见妻子这般做法,觉得奇怪:"我已经认错了,你也说原谅我,可是为什么又要睡在地上,不睡在床上?"

　　妻子白了他一眼,突然恼火地说:"你想想,这样的床我还能睡吗?"

　　丈夫一想,恍然大悟,赶紧把床上的东西一卷,扔到角落里,又把地上的铺盖抱上床,摊开整好后,走过来,拉拉妻子的衣角说:"我把床重新铺好了……"

　　妻子又白了丈夫一眼,然后嘴角一动,露出了一丝难以察觉的笑。

(夏国强)

愚夫疑妻

有个小伙子，名叫大马，长得相貌平平，可他的妻子却美得如花似月。

妻子姓田名柳，是厂里的团支部副书记。田柳不但人漂亮，而且性格开朗，特好交朋结友。为此，大马很不放心，花美招蜂蝶，妻美惹是非，他担心有人对田柳有非分之心，便常在田柳耳边嘀咕，要她自重自爱，免得招来流言蜚语。

对大马的忠告，田柳总是没放在心上。她认为，友谊不等于爱情，一个没有朋友的人，生活将是多么暗淡乏味，何况自己是做青年工作的。

大马见劝阻无效，只好暗暗告诫自己多留个心眼。

这一天傍晚，大马下班回家，一进家门，便感到气氛有点不对劲。

平时,只要田柳在家,家里总是洋溢着青春的气息:要么三用机播着欢快的音乐,要么田柳哼着动人的歌曲……可是今天怎么啦? 田柳不言不语地仰靠在床上,两手托着后脑勺,两眼望着天花板,显得神情恍惚、心事重重。

大马摸摸她的头,关心地问:"怎么,身体不舒服?"

田柳摇摇头。

"工作遇到麻烦了?"

田柳又摇摇头。

"唔,和人闹别扭?"

田柳还是摇摇头。

大马挨着田柳坐下,耐着性子问:"到底出了什么事?"

田柳呆呆地看着大马,像是有一肚子的话要说,但又什么也没说。

大马有点发急了,声音高了八度:"什么事值得你这么发愁,难道对我都不能讲?"

看见大马生气了,田柳有点慌,吞吞吐吐地说:"有桩事,不想告诉你……怕你生气……"

"什么事?"

田柳的脸有点发红,用恳求的口气说:"嗯,也不是什么大事,我讲出来,你千万不要生气啊。"

大马点点头。

田柳犹豫了一下,从放在枕边的挎包里拿出一封信,递给大马,再次叮嘱:"真的,你可不能生气!"

大马接过信,紧张地看了起来。看完信,他脸色变得非常难看,两眼死死地盯着田柳。

原来,这封信是田柳厂里的一位男青年写给田柳的情书。这位青年叫杜刚,是厂工会的干事,长得英俊潇洒、聪明伶俐,是不少姑娘崇拜的"白马王子"。每逢厂里举行舞会,杜刚最喜欢邀请田柳作舞伴,两人一上场,整个舞会便陡增光辉。不少人私下里开玩笑,说他俩是天生一对、地造一双。这事大马早有耳闻,心里一直不舒服。不料,如今戏言变成了事实:杜刚在信中不但向田柳表示了爱慕之心,而且还大胆地约田柳明天看电影,大马岂能不怒!

田柳见大马怒形于色,急得赶紧解释:"请你相信我,我从来没有和他有过越轨的交往。你放心,我不会再理睬他。这世界上我最爱的是你!"说着,把身子偎在了大马的怀里。

田柳的这番表示,似乎并没有消除大马的疑心和嫉恨,大马推开田柳,冷笑道:"你不添油,他就不会亮灯。如果你对他行规言正,他又怎么会给你写这样的信?"

田柳眼圈一红,委屈地说:"你不能这样想。我要是真的做了对不起你的事,又怎么会把信给你看?"

大马好像没听见似的,自顾自地发泄道:"哼,我早就对你打了招呼,要自尊自爱,你如果听我的,又怎么会发生这种丢脸的事!"

"这么说,你不相信我?"田柳伤心极了,眼泪"簌簌"地往下落,大马的态度刺伤了田柳的自尊心。

田柳低头想了想,拿出手绢擦干眼泪,穿上外衣,向门口走去。

看见田柳这副样子,大马有点慌了,忙拦住问:"你干什么去?"

田柳冷冷地说:"找杜刚。"

大马心里一惊:"找、找他干吗?"

"请他来,当你面讲清楚,我和他究竟是什么关系!"

大马顿时慌了手脚,一把抱住田柳:"好了好了,我相信你!"

"真的?"田柳脸上露出了一丝笑意,大马连连点头。

"那好,你就陪我走一趟,有些话我应该当面向杜刚说清楚,免得今后再发生类似事情,好吗?"

"这……唉,有必要吗?"大马搔搔头,显得非常为难。

"有必要。这样做对他、对我们都有好处。走吧。"田柳催促道。

大马站在原地,眼瞪瞪地望着田柳发呆。

"唉,你呀!"田柳失望地摇了摇头,说,"刚才还像怒目金刚,现在却变成了煨灶猫。好吧,你不去,我去。"说完,打开了房门。

田柳刚要跨出门槛,大马一把拉住她,尴尬地笑着说:"来来来,你不要急,听我说……"

他把田柳拉回到床上坐下。这时,大马的脸色变得通红,脸上的肌肉笑得直抽搐,吞吞吐吐地说:"嘿嘿,有件事我说出来,你也不要生气。唔,那封信,嘿嘿,其实是、是我和你开玩笑的……它、它不是杜刚写的,是、是我写的……"

"什么?"田柳的眼睛瞪得像铜钱一样大,怀疑地盯着大马,"你、你不要和我寻开心噢?"

"嘿嘿,是、是真的,你、你不要急,听我说……"大马结结巴巴地把事情真相讲了出来。

原来,大马听说田柳和杜刚很要好,心里非常不安,为了试探田柳的心,他煞费苦心地想出了冒充杜刚写信一计,在田柳上班前,把信偷偷地塞进了田柳的挎包。他心想:要是田柳见信后不将此事道出,并赴约看电影,就说明她真的爱上了杜刚;要是田柳把这事说出来了,就说明她没有变心,自己还可以借此机会劝她改掉交朋结友的毛病。

可惜,主意虽好,效果不灵,射出的箭撞在铁板上,反弹回来打着了自己。

听完大马的交代,田柳气得柳眉倒竖,脸色灰白,指着大马:"你、你……"她浑身直打冷战,一跺脚,冲出了家门。

大马愣住了，半天才醒悟过来，急叫一声："田柳!"追了出来。只见田柳已骑着自行车飞驰而去，大马又急又怕，唯恐田柳有个三长两短，赶紧也骑上自行车追了上去。

整整追了十多分钟，大马累得上气不接下气。正着急，看见田柳拐进了一个胡同，大马追到胡同口，正要往里冲，猛地看见田柳站在五十米外的一户人家门口，正和一个男青年说话。大马一愣，凝目细看，不由心里一惊，和田柳说话的男青年不是别人，正是杜刚!

大马慌忙跳下自行车，将身子贴在拐角的墙上，心想：田柳找他干吗? 难道……他头皮一麻，脑子里"轰"地炸开了，心里喊道：完了，看来他俩早已心心相印，唉，我做了一件蠢事，反而将田柳推到杜刚那边……想到这里，他悔恨莫及，同时又气得发晕。

再说田柳和杜刚的交谈，足足进行了20分钟，当两人握手告别时，大马看到杜刚从口袋里拿出一样东西，交给了田柳；田柳把它按在胸前，随后又慢慢地放进上衣口袋。大马断定：这件东西，一定是杜刚向田柳表示爱情的信物。大马把头仰靠在墙上，痛苦地闭上了眼睛。

自行车的滚动声和田柳的脚步声由远而近，此时此刻，大马心中的怒火越烧越旺，就在田柳推着自行车走出胡同口的时候，大马拦住了她的去路。

心事重重的田柳被突然出现在面前的人吓了一跳，她以为遇上歹徒了，刚要喊叫，却又看清了站在面前的竟是自己的丈夫。

"你、你怎么来了?"田柳惊疑地问。

大马脸色铁青，惨然一笑，狠狠地说："请把你口袋里的东西交出来!"

田柳一怔，又突然间醒悟过来，她本能地把手捂在口袋上。

大马讥讽地说:"怎么,你还舍不得拿出来!"

田柳微微摇了摇头,两道目光像钢针一样刺向大马,她慢慢地把手伸进口袋,猛地抓出一样东西,往大马的脸上扔去。

大马眼疾手快,一把接住,是一封信。

他瞪了田柳一眼,忙将信展开,只见信笺上有两行整洁娟秀的字:"杜刚同志:你的信收阅。我们是朋友和同志,仅此而已。我深爱我的丈夫。希望你尊重自己的人格,也尊重我和我丈夫的人格! 田柳。"

大马一愣之后,马上明白了怎么回事。原来,这是田柳接到所谓的情书后,回复给杜刚的信。顿时,一股热流涌遍他的全身,他羞愧地抬起头,只见田柳那俏丽的身影已消失在蒙眬的夜色中。

(夏国强)

假信真情

　　跃鲤村有户人家,一家四口。丈夫在外地工厂工作,每隔两三年回家一次,家中有一个半身不遂的老娘,一个在小学读书的儿子,全靠媳妇李红翠里里外外照料。红翠忙了田里忙家里,是远近闻名的好媳妇。

　　"文革"的时候,红翠的丈夫被隔离审查,停发了工资。红翠的婆婆知道了这个消息后,犹如万箭穿心,老人怎么受得了这个打击?整日茶饭不思,眼泪像断线的珍珠,流个没完。她日哭夜哭,把双眼睛哭瞎了,人也瘦得只剩把骨头。

　　眼看老人命在旦夕,红翠急得无计可施,左思右想,她从娘家借来十元钱,自己动手写了一封信,哄着老人说:"妈,华华爸来信了,喏,还寄回了钱呢!"

老人一听,连忙要红翠把信念给她听。

红翠便将自己写的假信拿了出来,念道:"敬爱的妈妈、亲爱的红翠、可爱的华华……"

老人听到这儿,心头一阵热:他人在外,还记着我们全家,一个没漏。

红翠又念了下去:"我的问题已经解决了,恢复了工作和工资待遇,最近厂里很忙,不能回家来看你们,请妈妈放心,保重身体。寄回十元钱,望红翠给妈妈买点补品……"

嗨,这个办法胜过灵丹妙药,老人听完儿子的来信,眉开眼笑,不几天就拄着拐棍下床了,只是哭瞎了的双眼仍然看不见东西。为了让老人能安安稳稳地活下去,红翠每月写封假信,至于给老人买营养品的钱,她绞尽脑汁,费尽周折,按月"寄"到。

好几个月过去了,红翠月月写假信安慰老人,心里却天天盼着丈夫能真的来信,捎回好消息。

那一天,红翠的丈夫真的来信了,红翠如获珍宝地将信捧在怀中,可是把信拆开一看,脑袋"轰"地一响,真好比晴天一个霹雳,两眼一黑,差点晕了过去。原来,红翠的丈夫被作为"反革命"投进了监狱。他在信中再三嘱托红翠要好好照顾多灾多难的母亲,千万不要把他的遭遇告诉老人家,否则会要了她的老命。

红翠左盼右盼,盼来的却是这样一封信,真是做梦也想不到。尽管她相信自己的爱人不是反革命,是被冤枉的,可是眼下生活怎么办呢?一家三口,婆婆瞎眼加风瘫,儿子年纪还小,靠我一个女劳力在田里做,要养活三个人,难啊!红翠望着来信,眼泪就像六月里的雷阵雨,"滴滴答答"落在信纸上。

突然,她发现信笺的背后还有几行小字,上面写道:红翠,红旗公社的王大山,是我中学的同学,他现在同我们队的张兰芝结婚了,上门住在张家。如果你有困难,可以找他帮忙。我已托人向他打了招呼,我想他是不会袖手旁观的。

红翠看完丈夫的来信,只得强忍悲痛,打起精神,和往常一样,忙里忙外,服侍老人。

再说王大山确实是个好心人,算得上是个患难知己,他得知老同学入狱后,经济上经常帮助红翠。但就为了这事,给红翠又带来了更大的不幸。

一天,红翠从田里回来,走到老人床前,刚亲热地喊了一声"妈",老人便厉声问道:"红翠,你经常到王大山那里拿钱,买啥?"

"那……那是我看你身体不好,才借……借点钱给你买营养品。"

"那华华爸寄来的钱到哪里去了?"

"他……他没……啊,他寄的……寄的钱我……"

"你拿到哪里去了?"老人连声追问,把个毫无思想准备的红翠弄得张口结舌、手足无措。她本想讲出实情,又怕老人伤心;要想遮盖过去,可一时又无法转弯。真是堂屋里推车子——进退两难啊!

再说老人见红翠支支吾吾答不上来,顿时火往上冒,气往上冲,又大声问道:"你为啥要到王大山那里拿钱? 他是你的什么人? 你说!"

红翠从未见老人发过这么大的火,慌乱中答道:"他……他是我的朋友。"

"朋友"两字刚出口,老人就气得双手发抖。

红翠赶忙纠正:"不不不,王大山是华华爸的朋友。"

"住嘴! 我问你,王大山是几时到我们队落户的? 你少哄我,我的儿子哪有这样的朋友! 告诉你,王大山的老婆张兰芝,刚才都吵到我们家里来了,你还装啥傻?"

这时,红翠真像哑巴吃黄连,有苦说不出,只是站在老人床前呜呜地哭。

原来,张兰芝胸襟狭窄,酸味很浓,见丈夫经常给红翠钱,就偷偷到老人面前告了状。老人听了,开始还是半信半疑,但是经过刚才一番盘问,见红翠说话吞吞吐吐,还以为媳妇做贼心虚,真有其事了,于是气愤地骂道:"你做出这等丑事,还有脸哭!你……你给我滚,滚回你娘家去!"

站在床前的红翠好似万箭穿心,悲愤欲绝,心想:为了顾好这个家,我李红翠起早贪黑,累死累活;为了让半身不遂的婆婆安度晚年,我李红翠端屎接尿,煎汤熬药,洗脸梳头,背出背进;偏偏又碰上华华爸身遭不白之冤,多亏遇上了好心的王大山,却又被别人说成勾引男人。天啊,我李红翠究竟作了什么孽啊?婆婆啊,我服侍了你这么多年,难道你就听信一面之词,要将我赶回娘家,你就没有一点婆媳之情?我的娘家就在邻队,几分钟就可以走到,为了这个家,就是逢年过节,我都很少回去,万万没有想到,今天婆婆却要赶我回去,真是作孽!

红翠越想越气,越想越伤心,恨不得马上就回娘家……但是很快又想起丈夫在信上对她的再三托付。婆婆毕竟是婆婆,又是瞎眼婆婆,她听了别人的胡言乱语,我怎能责怪她呢?于是又鼓起勇气,想再劝慰一番,可是一个"妈"字刚刚出口,老人又吼骂起来:"你给我滚,给我滚!哪个是你的妈!"接着老人就是一阵喘气,上气难接下气,泪水直淌。

红翠见此情景,"咚"的一声跪在老人床前,苦苦哀求:"妈,我纵有万般不是,你也看在往日的情分上,让我留在家里,等华华爸回来,我再走也不迟。到了那个时候,你就是叫我去死,我也没有怨言!"说罢,"呜呜"地哭了起来。

这时,睡在里屋的华华被哭声惊醒,他悄悄来到外屋,一下被惊呆了,因为他有生以来第一次看见这种情景。他见妈妈跪在床前,也就跑上前去和妈妈跪在一起:"奶奶,你不要骂妈妈吧,我也给你跪下了,要骂你骂我吧!妈妈莫哭,莫哭;奶奶你也莫哭,莫哭。"说着说着,他却"呜呜……"地比奶奶、妈妈还哭得伤心。

听着这撕心裂肺的哭声,就是铁石心肠的人也会软下三分,老人也开始有些回心转意了。但是没隔多久,老人的无名火又冒上了心头:"哼,你这个不要脸的留在家里,别人不仅要骂你,还要骂我,我家的门庭决不能让你玷污了。你不走我走,我宁愿死在外面,也不和你这个贱人住在一起!"说着,老人顺手拿起拐棍,一手撑着床沿,双脚颤颤抖抖地往床下移,人没站起,就跌倒在地。

红翠见事已至此,只得扶起老人,哽咽着说道:"妈,你莫着急,好好躺着,我走,我走!"说着,把老人扶到床上,便往门外走去。

华华见妈妈要走,"哇"的一声跑过去抱住妈妈的腿:"妈妈你不能走,不能走啊!你走了哪个给奶奶和我煮饭呢?妈妈,妈妈……"

红翠忍住泪水,把华华搂在怀里,轻声说道:"华华,听话,我走了,你就留在家里照顾奶奶。"随即又悄悄在华华耳边说了一会,直说得华华收起了眼泪,连连点头,才开门走了出去。

第二天,华华按照妈妈的叮嘱,没去上学,全天在家照顾奶奶。他一早起床就进了厨房,不多一会,就给奶奶送去了洗脸水,接着又送去了菜和饭,人虽小,服侍得十分周到。

再说,老人这两天还在怄气,她自己究竟吃了些什么,是酸,是辣,一点也没有感觉。几天以后,她稍稍平静了,嘴里吃着华华烧的菜和饭,才突然问道:"华华,你啥时候学会煮饭烧菜的?"

华华见奶奶高兴,便喜气洋洋地说:"不是我会烧,是妈……"

一个"妈"字还没说完,"啪"一声,老人手中的筷子落到了地上，华华看见忙说："是妈……是妈……平时教我这样做的。"

"那么，这几天又是谁给你挑水呢？"

"是妈平时教我用盆子到井边去端水的。"

老人听了，一把将华华搂在怀里，说："华华，奶奶这几天身体好些了，明天你扶着奶奶，我和你一起煮饭吧。"

华华一听忙说："不不，奶奶，我会做，不要你进厨房，不要你进厨房……"说着就在奶奶怀里撒起娇来。

光阴如箭，日月如梭，转眼几个月过去了。就是在红翠被赶出家门的这几个月中，老人照样每月从华华手中收到儿子寄回家的钱和信。

一天下午，华华上学还没有回家，生产队会计拿了一封信，兴冲冲地走进屋来："江婆，你儿子的信。"

老人一听，感到十分吃惊，连忙撑着坐了起来："怎么？我儿子前天才来过信，今天又来信了？哎呀，麻烦你，快给我念念。"

会计拆开信，高声念道："敬爱的妈妈，亲爱的红翠，可爱的华华……"

老人心想：唔，他还记得他的媳妇，可他的媳妇却做了对不起他的事呢！

会计继续往下念："妈妈，我怀着激动的心情向你们报个喜讯。粉碎了'四人帮'，我的冤案得到了平反，昨天我已经回到厂里，领导让我回来看望你们，过几天我就要和你们见面了……妈妈，我进监狱的事，只写信告诉过红翠，并且叫她不要告诉你，怕你老人家受不了会急出病来的。一年多来，我失去了自由，无法给你们写信、寄钱，把你们苦坏了吧……"

老人越听越糊涂了，什么进了监狱，什么没写信、寄钱……她问会计："这信是我儿子写的吗？"

"是啊，他信上还要红翠把他出狱的事去告诉王大山，王大山是他的好朋友啊！"会计把信念完，笑着向老人祝贺，便匆匆地出门走了。

老人怎么也弄不懂：儿子每月寄钱来，怎么可能在蹲监狱呢？这个王大山外乡外村人，怎会是儿子的好朋友呢？而且媳妇又是与这个王大山不规不矩的……

正在这时，华华放学回家了，奶奶立即叫华华念信。华华见爸爸来信了，高兴得跳了起来，就把信又念了一遍。

老人一把拉着华华的手，急切地问："华华，前些时候，你妈妈给我念的那些信，是你爸爸写的吗？"

华华见爸爸信上写着过几天就要回来了，便说出了实话："妈妈怕奶奶伤心，这些信都是妈妈自己写的。"

"那寄回的钱又是哪来的呢？"

"那……那是妈妈卖了衣服、卖了柜子的钱，还有王大山叔叔给过一些。"

这时，老人才明白过来："啊唷，我冤枉了好媳妇！"她长叹一声，双手连连猛捶自己的头，眼泪顺着满脸皱纹直流下来。

华华见奶奶这样子，吓得直喊："奶奶，你莫哭，你莫哭，妈妈知道你哭了，她要着急的啊！"

老人顺手拿起拐棍，双脚颤颤抖抖地往床下移动。

华华忙将老人扶着，问："奶奶，你要做啥？有事就说嘛！"

"华华，我要到你外婆家去，把你妈接回来，你快来扶我一把！你妈是我赶走的，我不接她，她咋肯回来？"

华华一听高兴极了，忙说："奶奶，妈妈没有走。自从那天晚上你骂了她后，妈妈怕你听到她声音生气，就晚上到外婆家睡觉，白天收了工就给我们煮饭……"

老人听到这里，连连说："好媳妇，好媳妇，我真是瞎了眼，错怪了你，我错了，我错了……"这时，她更急着要去接媳妇，用力向前跨出一步，谁知"咚"的一声跌倒在地。

这可把华华吓惨了，连忙上前抱住奶奶，想把奶奶扶上床去,但是怎么也拽不动。

老人却两手撑在地上,一边向前爬,一边说:"我……我……我就是爬,也要爬去给你妈赔礼,我……我害苦了她……"

这时,红翠正好跨进门槛,一见老人在地上爬,心里一惊,还没等她回过神来,华华就喊开了:"妈妈,妈妈!"

老人一听,好不高兴,连连叫道:"红翠,我的好媳妇,你在哪里?你在哪里?是妈错怪你了!"

红翠连忙上前扶住老人,亲热地喊了一声:"妈!"老人将红翠搂在怀里,忍不住"呜呜"地哭了起来。红翠的不白之冤,终于澄清了!

第三天,华华爸回来了。一家人团圆之后,红翠陪老人上县城去医治眼病。半年后,老人的眼睛终于重见了光明。一家人尊老爱幼,生活得美满幸福。

(耕 耘)

慈 母 情 长

可怜天下父母心。没有哪个人的私心，比慈父慈母的私心更少。

黑娃哭母

桃园村,有"刘"、"关"、"张"三大姓,"文革"中闹派性,三姓人都干了些辱没祖宗的事。所以生产队里现金保管一职,就落在唯一的"赵"姓黑娃身上。

按说赵黑娃不识几个字是不能当保管的,可他为人耿直,不贪财,三姓人都相信他。

黑娃当保管不久的一个早晨,黑娃娘先起了床,走进堂屋,不由眼睛一亮,又惊又喜地喊道:"财气——五分钱!"

黑娃住在东屋,一听见娘的喊声,"呼"地跳下床,光着膀子就冲进堂屋,劈手从娘手里夺过那五分钱:"我的!"

娘很恼火,反手又把钱夺过去:"咋见得是你的?"

黑娃振振有词:"我当着现金保管,咱家里只有我有钱!"

娘也不示弱:"可我昨天卖了一篮子鸡蛋,我也有钱!"

黑娃冷笑:"就你那仨桃两枣,还会掉地上?反正这钱肯定是我的,不,队里的!"

娘吵不过儿子,只有死攥着五分钱不放。可到底还是儿子劲大,硬是夺走了五分钱。

大清早的,娘儿俩一吵,就引来一些人看热闹。黑娃娘又羞又委屈,哭一阵、骂一阵还不解恨,竟悄悄进屋上了吊。

本来相依为命的母子俩,现在娘抬脚先走了,撇下黑娃好可怜。可黑娃觉得娘太自私,心里窝着一股气,脸上竟没一丝悲哀,从发送到下葬,硬是一颗眼泪也没掉。

一晃20年过去了,生产队已改为村民小组。村里的干部走马灯似的换了一茬又一茬,唯有黑娃在现金保管的位置上,一坐就是20年,直到病得下不了床,也没有人提出撤换他。

倒是黑娃自己眼见日子不多了,便打发人喊来组织干部和刘关张三姓的代表,主动提出辞职。

赵黑娃真是条汉子,临死照样耿直:"趁我还有一口气,你们清清账。多了归大伙,少了拿我这家产抵上。"

大伙看他孤老头子一个,都不忍心动手。赵黑娃高低不依:"你们让我闭眼吧!"

没办法,只好清账。

赵黑娃当了20年保管,没箱子没柜子,全部财产家当就是两个大坛子,分别装收入、支出两类票据。

一个农村小组的账,理起来也容易,很快就有了结果。

赵黑娃眼睛瞪得像牛铃:"咋样?"

组长说:"收支基本相符,就是多出五分钱。"

赵黑娃愣了半天,突然想起20年前死去的娘,大哭一声:"娘——"喷出一口鲜血,顿时气绝身亡。

(曲范杰)

我有儿子

村里人似乎都知道王太婆没有儿子,也许曾经有过,但早已死了。

可是王太婆却逢人就说:"我有儿子。"村里评她为五保户,要送她去敬老院,让她安度晚年,她死活不干,她说:"我有儿子!"改革开放以后,她开了家小店,生意蛮红火,还请李大婶帮工。村里人见她累得不行,都劝她说:"您老这么一大把年纪了,还赚那么多钱干什么?"她还是那句老话:"我有儿子,不赚钱怎行?"

于是人们都笑她,说她像祥林嫂,想儿子想傻了。

谁知突然传出消息,说王太婆的儿子要回来了,是从香港回来的。

人们这才相信王太婆确有儿子,她辛辛苦苦真的是为了儿子。因此,人们奔走相告,许多人还买了鞭炮,准备迎接王太婆儿子的到来。

这天,天气晴朗,王太婆换了一身新装,在众人的簇拥下,出村迎接儿子。只见她满面春光,喜气洋洋地走出三里多路,累得满脸是汗,仍不见儿子的踪影。她实在走不动了,只得在路边的石头上坐下等候。

有人开始怀疑,窃窃私语道:"是不是老太婆想儿子想疯喽,她真的有儿子吗?"

王太婆年纪虽大,耳却不聋,闻听此言,两眼一瞪说:"你说啥? 我有儿子,就是有儿子!"

她话音刚落,果然从远处开来一辆汽车。这是一辆挺漂亮的小轿车,在王太婆身边徐徐停下,车门打开,走出一位中年男子,西装革履,风度翩翩,见了王太婆便双膝跪下说:"娘,我苦命的娘啊!"

王太婆一把抱住儿子,放声大哭起来。

村里人见此情景,无不纷纷落泪。

好一会,那中年男子才说:"娘,咱们回家吧,您老请上车。"

王太婆摇摇头:"我坐车,那乡亲们怎么办? 不,我们还是一起走回去吧,好不好?"

帮工的李大婶急了:"大妈,你这么大年纪了,刚才跑得一身是汗,再走回去会累坏的。"

王太婆脸一板说:"我不走回去,还能让儿子背回去吗? 走吧。"

那中年男子一听这话,赶紧说:"娘,让我背你回家,也算弥补我这么多年的不孝之过。"说完,果真将王太婆背起就走。乡亲们排成一条长龙,紧随其后,一路鞭炮齐鸣,笑声不绝,浩浩荡荡回到村里。

王太婆好不风光！她感到骄傲,感到欣慰,得到了极大的满足,因为事实证明她有儿子。可是,王太婆的儿子连家里的饭也没吃一顿就坐车走了,而且也不见回来。

乡亲们问王太婆:"你儿子呢？她说:"儿子做生意满世界跑,忙得很呀。""那你为什么不跟儿子去享几年清福呢？难道还有什么丢不下吗?"

王太婆苦笑着说:"活不了多少时候啦,何苦将一把老骨头丢到他乡异地去呀！千好万好,总归家乡好。"

村里人听了连连叹息,都为她惋惜。

时隔不久,王太婆病了,这场病真不轻,先是卧床不起,接着饮食不进,很快将她折磨得奄奄一息。村里人知道她将不久于人世了,便又想到她儿子,问她:"你儿子在什么地方？我们好通知他回来看看。"

王太婆摇摇头,双唇颤动着:"我……儿子……"再也没说出一句完整的话来。

众人又问帮工的李大婶:"你知道她儿子的地址吗?"

李大婶摇摇头说:"你们别问啦,她根本就没有儿子!"

"啊!"大伙好不纳闷,"那上次回来的……"

"那是她花大价钱租来的,差不多掏光了她所有的积蓄!"

"那是为什么呀?"

"唉,她说她最怕被人骂断子绝孙!"

人们都不吭声了,但心里都在为王太婆叹息。李大婶又说:"王太婆不让我告诉任何人,可我……"

这时,只见王太婆挣扎着想说话,但什么话也没说出来,只是狠狠地瞪了李大婶一眼,便咽下最后一口气,永远离开了人世。

（刘国祥）

逃犯见母

　　小偷李熊从劳改农场逃出来后,逃了两天两夜,胆战心惊地摸到了公路边的饭馆旁。好客的土家人开的土家饭馆,保留着先吃饭后给钱的古朴民风,李熊饥饿难当,所以进了饭馆后,就溜到墙角的桌子旁,风卷残云似的把一桌子饭菜全都吞了下去。

　　李熊正吃着,一只脏乎乎的手伸到了他的面前:"小哥,给点吧!"

　　李熊顺着手往上一看,一下子惊呆了。

　　"啊,你……你是熊子?"讨饭的老太婆也惊呆了。

　　"妈——"李熊扑过去,抱住了老太婆,"妈,你怎么到这儿来了?"

　　老太婆撩起褴褛的衣角擦着泪,说:"妈想你呀,攒了几年的钱来看你，没想到还没下车钱就被偷了。妈惦着你，这不，靠着讨饭一路过来的。"

听完妈妈的话，李熊不住地捶打着自己的头："我真该死！"

服务员见他吃完了，问道："饭钱呢？"

"钱？"李熊一愣，随即低下了头。

李熊妈颤抖着从口袋里慢慢地掏出乞讨来的一角、两角、一分、两分……

"妈——"李熊见此情景，大叫一声跪在地上，抱着妈的腿失声痛哭。

过了不一会儿，李熊站起擦干眼泪，搀扶着妈妈出了饭馆，沿着公路，头也不回地朝着劳改农场走去……

（国　宁）

继母情怀

1980 年秋天,福建沿海枫树镇上的枫叶一片火红。一天,一辆从福州驶来的大客车在镇上停下,车里拥出一群海外侨胞,他们向四周一望,个个都喜滋滋地叫起来:"啊,家乡的枫叶,真是如火如荼,火红一片……"

其中有个老华侨,他一见火一般的枫叶,忽然双手抱头,蹲下了身子。

这老华侨五十岁左右,皱巴巴的脸,皱巴巴的衣服,拎了一只皱巴巴的小皮箱。他这副与众不同的寒酸相,特别显眼,自然引起了当地人的特别注意。

终于,几个白胡子老人认出他了,当即议论起来:"这不是麦家的大儿子守贤吗!怎么又回家装穷来了?哈哈……"

老人们讲得一点不错,20年前,麦守贤是回来装过穷。要说原因嘛,这事还得从42年前讲起。

原来,麦守贤自幼丧母,他爹续弦不久,继母生了个小妹妹,叫小珍。继母像心头肉一样疼爱自己的亲生女儿,对麦守贤却是一副冷面孔。麦守贤一气之下跑到了海外,当时他才18岁,心里暗暗发誓:将来如果我发了财,一定要回家气气继母。经过22年的苦干,他果然有了一爿像像样样的百货铺子,成了当地的一位小财主。这下,他决定回老家一趟,气气继母。但怎么个气法呢?

他想了几天,终于想出了个装穷的办法。他想:财帛动人心,这老太婆肯定也是个嫌贫爱富的,见我像个叫花子,她还会对我客气吗?好,这时候我再手面阔一阔,看她的老脸往哪儿放?"哈哈哈……"想到这里,他一阵得意,竟情不自禁地笑出声来。

于是,麦守贤在20年前的秋天,果真回老家装穷了。

他和这次一样,全身皱巴巴的,提一只皱巴巴的小皮箱,低着一头乱发的脑袋,跨进门,可怜巴巴地说:"妈,我回来了……"

继母已经五十多岁了。出门22年的儿子,突然这副模样出现在自己面前,禁不住惊得倒退了几步,半天说不出话来。

麦守贤心里可得意了,瞧,不出我所料吧,老太婆果真嫌贫爱富,她简直认都不愿认我哩!好,这戏我得好好演下去。于是他首先从耳边取下一个烟屁股,接着故意挪动双脚,让继母看见他脚上的破皮鞋。

继母终于开口了:"是守贤吧!你怎么……怎么到今天才回来?你爹临终还一直念着你哪!"

麦守贤想:这老太婆还真有两下子!哦,大概她是怕邻居看见,那么,这戏就搬进屋里去演吧。

两人进了屋,继母就拉住他的手,急切地问:"守贤,快告诉妈,你爹病重时,你怎么没赶来? 是不是没收到家信?"

麦守贤哭丧着脸答道:"妈,我穷,今天回来,还是省吃俭用好几年,才积了一张五等舱的船票钱。"

没想到继母一听,掉下了眼泪,说:"守贤啊,都怪妈当时糊涂,要不,你也不会漂洋过海去吃这份苦了。老实说,起先你不告而别,我还暗暗高兴,解放后,政府组织大家学习,我才慢慢知道错了。守贤哪,妈对不起你……"

"不,不不,妈,怪我没本事,不争气,几十年了还这么穷。"

"不,不不,你单身一人在国外生活不容易,今天能平安回来就很不错了,妈伤心的是你们父子俩没能见上一面……"

麦守贤看看继母的眼泪不像是假的,说的话也不像是装的,他糊涂了,甚至怀疑是自己不小心露出了破绽。但麦守贤不甘心,想再观察几天。

几天下来,麦守贤觉得母女俩的确没嫌他穷,还提出摆酒请亲友来家与他会会。在母女俩的真情实意感染下,麦守贤哪怕是铁石心肠也没法不感动了。

不过,他还想最后试一下,便说:"妈,您靠小珍在幼儿园挣的那点工钱过日子,够紧的了,我做儿子的没什么孝敬您,怎么还能让您老人家破费? 我那么穷,也没脸见亲戚朋友,是不是免了吧?"

继母笑道:"你又没做坏事,怎么没脸见人!"

麦守贤还要推辞,小珍说:"大哥,明天客人来了,你有啥不明白的,可以让我来回答,噢!"

第二天,亲友们陆续到了,谁知个个都向他道谢:"守贤哪,你景况不太好,干吗还破费买礼物送我们?"

麦守贤一听大为惊讶,正要发问,只见小珍截住说:"大哥,你怎么忘了,不是你买了布,叫我一家家去送的?"说着,还直朝他使眼色。

送走了亲友,麦守贤才弄明白,原来是继母按照家乡的风俗习惯,用准备给小珍办嫁妆的钱买了礼物,替他送亲友的。这时,麦守贤真正感动了,他终于向继母说出了真情。

谁知事隔20年的今天,麦守贤又全身皱巴巴地回来了。他一看到家乡这像火一样的枫叶,竟害怕得不敢去看,这究竟是怎么回事呢?

原来,一年前一场大火,吞没了他惨淡经营几十年的百货铺子,也吞没了和他相依为命几十年的老伴。他以前曾想把店铺卖了,带上老伴,叶落归根,颐养天年。可现今穷成这个样子,回去靠祖国养活,乡亲们和政府会怎么想?

麦守贤是个要强的人,他不想给祖国增加累赘。但人要争气,肚子却不肯争气,他又不愿进那个寂寞凄凉的养老院,又老不起脸皮去做讨饭花子,怎么办呢?麦守贤考虑再三,决定回祖国看看再说。

麦守贤的满腹愁苦别人哪能知道,一见他和20年前一样浑身皱巴巴的,就以为他又回老家装穷来了。

麦守贤在地上蹲得腿都有点麻了,才拖着沉重的脚步向老家走去。

他的继母已年过70,白发苍苍,但热情不减当年。她一见海外游子归来,便问寒问暖,忙着张罗麦守贤吃饭,又叫人去喊小珍。

小珍已是两个孩子的妈妈了,她对海外来的大哥同样十分热情,立即腾出一间房来让大哥休息。

麦守贤说:"小珍,如果可以,我……我想不走了……"

"那当然好!"小珍说着又问,"大哥的行李寄放在车站吧,要不要我和你一起去取?"

"不,我的行李全在这儿,就这只小皮箱。"

小珍笑笑说:"大哥又开玩笑了,我知道,你又装穷,又想考验人……"

麦守贤连连摆手说："没有,没有,这回我没开玩笑。小珍,我真的破产了,真的成了穷光蛋了!"说着,皱巴巴的脸上挂满老泪。

人们终于明白了,麦守贤这次回来,不是装穷,是真的破产了。

这下,小珍可焦心了:本来家里就不宽裕,如今又添了个吃闲饭的老头大哥,生活就更紧了。她心里这么想,言语中也不免流露出来。

要强的麦守贤很快就察觉到了,他决定不去连累别人,第二天,麦守贤提起小皮箱,就向继母告别。

继母急得去夺他手里的小皮箱。

麦守贤说："妈,家里才两间房,我住下太挤了,而且如今我既没银行存款,身边又没几个现钱,这以后的日子……"

继母摇摇头说："不! 你在海外是破产了,在国内……"

她突然掉过头,喊道："小珍,你出来听听,别以为你大哥吃穷了你!"

小珍撅着嘴走出房来。

麦守贤连忙说："妈,不能责怪小珍妹,小珍妹也有苦衷。唉! 千句并一句,谁叫我破产呢!"

正当麦守贤伤心之际,继母突然指指大门说："守贤,你看谁来了?"

这时,门口拥进一群男女青年,领头的向麦守贤一鞠躬,说:"麦老先生,20 年前,您寄钱回来办幼儿园,我代表大家谢谢您!"

麦守贤惊愕地瞪着眼睛说："我办过幼儿园? 我啥时候办过幼儿园?"

领头的青年又说："瞧,您老先生做了好事倒忘了,我们可没忘记。麦老先生,农历十月初七是您的六十大寿,到那时我们来给您祝寿!"说着,青年们一阵风似的跑了。

原来,当年麦守贤曾寄回来一大笔钱,说是供继母养老和给小珍置办嫁妆的。当时小珍说,团里号召青年勤俭办婚事,母女俩一商量,就把给小珍置办嫁妆的一万元,以麦守贤的名义捐给街道,办了个幼儿园。刚才那些青年,当年都上过这个幼儿园,所以他们是特地来向麦守贤道谢的。

这时,继母从怀里掏出一个红封袋,说:"这是青年们硬塞给我的一千元钱,说是给你办六十大寿的。守贤,你的生日是十月初七吧?"

"是十月初七,可是……"

"可是什么,人穷就不过生日了? 何况,你并没穷!"

麦守贤瞪着眼睛说:"我怎么没穷?"

继母说:"除了这一万元,另外的钱我全存了银行,加上几十年的利息,已是一笔很大的数目哩!"

麦守贤说:"妈,这是我对您的一点心意。"

"是呀,你说供我养老,可我老担心你在海外遇上三灾六难。守贤哪,人心都是肉做的,你对我一片孝心,我也决不能亏待你,我想应该把你的孝心全存起来,现在是取出来的时候了。"说着,继母打开柜子,取出一个小布包,揭去一层又一层的布,里面是张银行存折。

她递过来:"守贤,给!"

麦守贤慌忙摆手说:"不,不不,妈,这是您的,您的……"

继母摇摇头说:"不,这是孝心,是你的!"

十万元? 我的天! 这不是在做梦吗? 麦守贤不由得鼻子发酸,喉头哽咽,终于像孩子似的号啕大哭起来。

窗外的枫叶在阳光下一片火红,麦守贤心里像揣着一团火,他捧着银行存折,额上直冒热汗,脸上挂满热泪,喃喃地说:"这么说……这银行存折……不光是存钱的,不光是存钱的……"

继母说:"守贤,还提着小皮箱干吗? 还不快给我放下!"

麦守贤答应一声,放下箱子,整整衣衫,突然单膝跪地,叫道:"妈! 您就是我的亲娘啊! 我的亲娘……"

第二天清早,麦守贤去茶馆喝茶,正好和几位白胡子老人同桌。

一位老长辈问他:"守贤哪,这回准备住多久走?"

麦守贤欠欠身子说:"回老叔的话,我不走了,我叶落归根了。"

"叶落归根? 好! 这叫子不嫌母丑。"

麦守贤站起身,向四座乡亲拱拱手:"不,是母不嫌子穷!"

(宗　洲)

儿女有愧

农机厂技术员宋华,找了个对象叫夏倩倩。

夏倩倩是百货公司的会计。也许是职业的习惯,对电子计算机特别有感情,走到哪里带到哪里,一碰上经济问题,她就摸出电子计算机"嗒嗒嗒"一按,便能从鸡蛋里算出骨头来。因此得了个绰号,叫"电子计算机",大概这个名字叫起来麻烦,就改称为"电脑"。

电脑倩倩和宋华结婚后,宣布了三条纪律:一,严禁私设小金库,一切收入要交公;二,紧缩开支,凡预算外支出,必须事先商量,否则不予报销;三,每天的生活费不得超过五元,每月储蓄一百五十元,雷打不动。

宋华一听,拍着巴掌说:"对'财政部长'的'施政纲领',我完全赞成,坚决服从!"

时隔半月,来了个客人。谁?倩倩的一位非常要好而又多年不见的老同学。这样的稀客当然得好好招待,可这一招待麻烦了,倩倩按了按电子计算机,乖乖!超支十五元八角六分。这可怎么办呢?

毕竟是电脑倩倩,她灵机一动,有办法啦!明天是礼拜天,后天是五一国际劳动节,夫妻双双去看望婆婆,来个"堤内损失堤外补"。

当天下班后,倩倩拉起丈夫,到街上买了两斤橘子,夫妻双双来到婆婆家里。一进门,倩倩就上前喊道:"妈,我们看你来啦!你近来好吗?"那声音不高不低,恰到好处,让人听了甜滋滋的。

倩倩的婆婆姓黄,是个退休教师,大家都叫她黄阿姨。黄阿姨早年丧夫,她苦撑苦熬,把两个儿子带大,如今大儿子宋华结了婚,自立门户去了,小儿子宋强在大学里念书,她独自一人在家,确实感到孤单。现在看见儿子、媳妇来看她,而且一口一个"妈",喊得她心里热烘烘、甜滋滋的,便连忙动手,又是买酒又是烧菜,同接待上宾一样,热情招待。

倩倩夫妻俩,在婆婆家里住了两天,吃了,喝了,临走还拿了黄阿姨给的三斤青笋干,满载而归。

回到家里,倩倩掏出电子计算机,"嗒嗒嗒"一按,高兴地说:"好,扭亏为盈,纯利三元六角。"

宋华觉得奇怪:"你说啥?"

倩倩嘻嘻一笑,说:"傻瓜,这财政上的事,你不懂!"

从此以后,倩倩每当碰到家庭财政出现赤字,就拉起丈夫去看婆婆,这既满足了黄阿姨感情上的需要,又弥补了自己财政上的缺口,一举两得。

今年夏天,倩倩心血来潮,拉起丈夫去普陀山玩了一趟。这一玩就是七天,回来一算,乖乖! 花去了四百多元。要补这么大一个漏洞,靠小打小闹是无济于事了,起码得到婆婆那里吃上三个月才能解决问题。吃这么长时间得找个理由呀,她脑子一转,办法来了。

倩倩来到婆婆家,一把搂住黄阿姨说:"妈,告诉你一个好消息,我……"

"你怎么啦?"

"我……你快做奶奶啦!"

黄阿姨一听乐了:"真的?""嗯。"

"好啊,好啊,你得注意身体呀,以后别再去旅游了,那是很累的。"

"妈,我这几天是感到吃力,坐下不愿站起,躺下不愿爬起。宋华工作忙,我下班回家又啥也不愿动。妈,我想到你这里住一段时间,你同意吗?"

黄阿姨满口答应:"好,好的,你来吧,不过妈弄不出好吃的。"

"妈,你真好!"倩倩说完走了。

倩倩回到家,对丈夫说:"华,我去看过妈了,她很寂寞,也很苦闷。我想到她那里去住一段时间,你说好吗?"

宋华说:"好是好,不过我们得给她一些钱,如果白吃她的,她可受不了。"

"这你放心,财务上的事我心里有数!"

第二天,他们夫妻双双回了"老家",吃起现成饭来了。

开始,每餐有鱼有肉,有菜有汤,黄阿姨看着儿子、媳妇吃得津津有味,脸上笑成了一朵花。可是半个月以后,情况发生了变化,不但菜肴质量日益下降,连黄阿姨脸上的笑容也不见了,偶尔一笑,也显得很不自然,有点哭不像哭、笑不像笑的味道。

一天下午,倩倩下班后,骑着自行车回家。在途中突然发现婆婆急匆匆地擦身而过。倩倩调转车头追上去,偷偷一看,只见她手提菜篮子,篮子里有几样蔬菜,还有一只甲鱼。倩倩想:她把甲鱼送哪里去呀? 我得弄个水落石出,于是她便来了个跟踪追击。

不一会儿,来到一条小巷,只见黄阿姨在一扇门边停下,掏出钥匙,打开门,闪身进去后,"砰"地关上了门。倩倩抬头一看,只见门牌上写着:柳叶巷17号。

"这里面住着什么人呢?"倩倩正想着,迎面来了个人。她一看,原来是好友俊俊,就说:"咦,这不是俊姐吗?"

对方一愣:"啊,是倩倩呀,你怎么到这里来啦? 你认识他?"

倩倩摇摇头:"不,这里住着谁?"

"你问他? 嗨,他是个怪老头,姓张,怎么,你找他?"

"不,随便问问。"

这天早饭一吃完,黄阿姨碗不洗、米不淘,又拎起篮子匆匆出门了。倩倩一拉丈夫,又来了个跟踪追击。

只见黄阿姨来到小菜场,买了这样买那样,足足花了将近十元钱,最后拎起篮子,径直来到柳叶巷17号,掏出钥匙打开门,进门后又顺手把门给关上了。

倩倩用胳膊撞撞宋华,说:"看见了吗? 我说呢,这几天给我们吃的菜越来越差,原来她把油水都洒到这里来了嘛!"

他们正说着,只听屋里"砰"地一声,接着传出一个男人的声音:"我说过,我要吃豆腐,你就当耳边风……"

"老张!"这是黄阿姨的声音,"今天我去迟了,豆制品已经卖光,我明天一定买来,行吗?"

"不行,不行! 你得给我买豆腐,没有豆腐你就别进这个门!"

门口的宋华大惊失色,正想上前敲门,门开了,黄阿姨从里面走了出来,她抬头一看,见是儿子、媳妇,顿时慌了手脚,结结巴巴地说:"你、你们怎么也在这儿? 家、家里出啥事啦?"

宋华说:"妈,回家再说吧。"

黄阿姨摇摇头:"不,我还得去买豆腐呢。"

倩倩说:"妈,别去理他了,回家吧。"

宋华也说:"妈,我们不反对你找个老伴,可这种糟老头子……"

"啊?"黄阿姨惊呆了,"你们胡说些啥! 他是病人,我是来当保姆的呀!"

宋华简直不相信自己的耳朵,使劲摇着黄阿姨的肩膀说:"妈,你有退休工资,又有儿子媳妇,你为啥瞒着我们来给人当保姆呀?"

黄阿姨擦擦眼泪说:"儿呀,妈虽有退休工资,可你弟弟上大学我得负担。这些天来买不起好东西给你们吃,心里很不好受,所以想办法出来挣点钱,好让你们吃得好一点。怕你们知道了心里不好过,所以瞒着你们。"

倩倩听了婆婆这番话,心如刀绞,羞愧难言,她一把抱住黄阿姨声泪俱下地说:"妈,都怪我,是我害苦了你,我真对不起你呀……"

(倪国萍)

银簪血泪

　　有位孀妇守着她的独生儿子一起生活。儿子是母亲的希望、母亲的心肝；母亲是儿子的依靠、儿子的天地。母子两人相依为命，日子虽然艰难，却也很快乐。

　　儿子长到六七岁，上学读书了，可每次放学回来还要钻到母亲怀里："妈，吃奶。"而母亲也总是将早已干瘪的奶头塞到儿子嘴里："吃吧，宝宝。"

　　母亲是一双小脚，而且有一只眼睛是瞎的。为了生活，为了儿子，她含辛茹苦，起早贪黑地干活。她自己穿粗布衫，从不让儿子穿打补丁的衣服；她自己吃粗食杂粮，将好菜好饭给儿子吃。每当她看着儿子吃得又香又甜的样子，她就感到是一种精神享受。儿子吃完饭，还要到母亲怀里打个滚，或者爬到母亲背上玩耍一阵子才离去。

后来,儿子上学的地方离家远了。母亲便每天来回走十几里路,把饭菜给儿子送去,不论刮风下雨,天天如此。儿子很高兴,总要领着母亲到各处走走、看看。

不久,儿子慢慢地发现,班里同学不喜欢同他玩了,连要好的同学也疏远了。一打听,原来同学们讨厌他母亲那只瞎眼,说那瞎眼有个深深的凹坑,难看极了、令人恶心。

直到这时,儿子才意识到母亲那只瞎眼确实不好看。从此,儿子再不让母亲去学校送饭,而他也不再到母亲怀里打滚,而且总是有意无意地避开母亲。

随着时间的流逝,儿子长成了大人,出落成一个标致的俊小伙,赢得了女孩子们的好感,背后常议论他长得帅。

儿子开始恋爱了。

女方是个如花似玉的姑娘,儿子心中别提有多幸福了。他欢天喜地,带女朋友到家里玩。可是,当母亲杀了鸡、炒好菜请姑娘入席时,姑娘却已不辞而别了。原因很简单,就因为他母亲那只流泪水的瞎眼睛。

儿子很痛苦,直埋怨母亲。此后,虽然有人给他介绍了几个对象,可是,对方一听说他有个瞎眼睛的老妈,便都拒绝了。

于是儿子由埋怨到不满,并且愤怒了:"全是你这个老不死的瞎眼婆,害我找不到老婆。我不承认有你这个妈。"

儿子离家出走了。

母亲失去儿子,犹如挖去心肝丢掉魂。她焦急、痛苦、孤独、凄凉,不停地颠着小脚到处寻找,喊叫:"儿子啊,你在哪里?"她甚至睡梦中也凄惨地呼喊:"我的宝宝,你回来吧!"

她很快地衰老了,终于流干了最后一滴泪水,耗尽了最后一丝余热。

临终前,儿子回到了母亲床前。

　　母亲艰难地取下头上一只银簪子,颤抖着放到儿子手中:"宝宝,留……留着……给、给你的……媳妇……"

　　母亲把这唯一的财产给了儿子,她感到一种满足,闭上了眼睛,神情是那样的安详,毫无怨恨儿子之意。

　　出殡那天,邻居一位大婶望着儿子手中的银簪子,告诉他说:"孩子,还记得你母亲那只眼是怎么瞎的吗? 你四岁生日那天,你母亲给你穿新衣服时,你从她头上拔下这簪子耍,失手戳进了那只眼睛……"

　　"啊——妈妈!"犹如天塌地陷,儿子撕心裂肺般的嚎叫一声,扑倒在母亲的坟堆上,手中的银簪子戳进手掌,血流如注……

(雷国星)

丈 夫 百 态

千朵云彩千样色,千个丈夫千般样。好丈夫是泰山,是脊梁,是一块熠熠生辉的金子。

三个条件

　　洛阳市某厂技术科有一位女技术员,名叫沈玉霞。她今年32 岁,已经有了孩子,但还像姑娘那样漂亮,特别是那只小巧玲珑的鼻子,一笑起来,更增加了几分姿色。她丈夫是本厂翻砂车间的工人,叫刘长明,虽说长相不如她,倒也有几分英俊。沈玉霞前年从"夜大"毕业后,当上了厂里的技术员,不久,又被提拔为技术科的副科长;刘长明也由一般的工人,被选为车间主任。他们可真称得上是一对比翼双飞的鸳鸯鸟,厂里的工人和干部,一提起这对夫妻,没有一个不跷大拇指的。

　　常言道:"天有不测风云,人有旦夕祸福。"谁也想不到,沈玉霞最近突然闹着要跟刘长明打离婚了。

　　开始,人们以为小两口一时生气,慢慢就好了。后来,他俩一直从厂里闹到法院,法院又通知厂里协助调解,这才引起了全厂上下的震动。

大家议论纷纷,都感到蹊跷:这一对平时连脸也没红过的夫妻,怎么突然闹到了这一步呢?

这确实是个谜,不但外人猜不透,就连沈玉霞的丈夫刘长明,心里也是一盆糨糊。他左思右想,也想不出有什么对不起妻子的地方。

这天,轮到刘长明休息,他就把妻子和自己的脏衣服收拢来,准备洗一洗。谁知,在抖妻子的布衫时,衣袋里掉出一封信,他拾起一看,是北京寄来的,觉得很奇怪:这么多年了,从没听妻子说过北京有什么亲戚朋友呀?再抽出信纸一看,他的心猛地一下抽了起来,信上尽是一些"亲"呀、"爱"呀之类的话。最后写着:我在这儿已经给你联系好接收单位,盼你火速办好离婚手续;只要咱们一结婚,很快就能把你调进北京来。火速!火速!

刘长明看完信,急得差一点晕过去,正在这时,沈玉霞急冲冲地回来了。

沈玉霞回来干啥?取信的。

她去上班,刚走到厂门口,突然想起早晨换衣服时忘了把信掏出来,便急急忙忙往家跑。她一进门,见丈夫手中拿着信,吃了一惊,赶紧上前一把夺了过来。

刘长明恼火地问:"这是谁的信?"

沈玉霞张了张嘴,却说不出话来。她说啥呢?她理亏呀!

原来,不久前厂里派沈玉霞去北京几家工厂参观学习,在这期间,她偶然遇见了一位高中时的同学。当初在学校时,他们曾谈过恋爱,后来,那位同学随父母调到了北京,从此便杳无音信。这次见面,那位同学对她十分亲热,领着她转了颐和园,参观了十三陵;逛罢动物园,又跑八达岭;天安门前拍了照,景山公园留了影,还两次请她进了烤鸭店。

最后,那位同学又把她领到家中,参观了三室一厅的大单元和现代化的家庭设备,沈玉霞眼红得直咂嘴,可那位同学却唉声叹气:"万事如意,就是少个终身伴侣。"接着,便把自己爱人病逝、没有留下一个孩子、感到寂寞的苦水一股脑儿倒了出来。言谈中还不时地流露出对沈玉霞的爱恋。

两人越谈越投机,沈玉霞终于顶不住那位同学的引诱,答应回家和丈夫离婚,然后调到北京去。

就这样,从北京回来后,她便昧着良心同一向情投意合的丈夫闹起离婚来。

眼下沈玉霞见一切都露了馅,就干脆拉下脸皮说:"就是这么回事,你看着办吧,反正非离婚不可!"说完,卷起行李,搬到厂里去了。

刘长明原来还指望妻子能回心转意,如今明白了事情真相,心中顿时如同刀绞一般,他经受不住这沉重的打击,病倒了。厂领导了解情况后,反复做沈玉霞的思想工作,可沈玉霞的心如同铁板一块,连道缝儿也不开。

这天是厂休,沈玉霞从厂里回来,找刘长明到法院办离婚手续。她本打算大闹一场,谁知刚一开口,刘长明便一口答应了,这一点倒使她意想不到。

可是,刘长明紧接着又提出了要求:"不过,你得答应我三个条件。"

她愣了片刻说:"你讲吧。"

刘长明说:"第一个条件,咱俩再逛一次公园。"

沈玉霞心中感到好笑:就要离婚了,他还有心思逛公园哩!她想了想,便答应了。

刘长明接着说:"第二个条件,再谈一次话。"

沈玉霞心里说:任凭你咋说,还能把我的心说动不成?所以,她也一口应允了。

刘长明最后说:"第三个条件很简单,咱俩再最后接一次吻。"

沈玉霞差一点要笑:这也算个条件? 只要你答应离婚就行,所以她立即点头答应了。

于是,两人一前一后,来到了离家不远的公园。

这天上午,逛公园的人特别多,有白发苍苍的老人,有系着红领巾的学生,有一对对相依相偎的恋人,也有像他们一样的夫妻,手拉着打扮得花枝招展的儿女,有说有笑地游玩散心,一个个都是满面春风,喜笑颜开,唯独他们两人是满脸阴云。

刘长明看到此情此景,心中更加难受,辛酸的泪水止不住涌满了眼眶。

沈玉霞呢,心却早已飞到北京去了,她幻想着不久的将来,能够跟新婚的爱人肩并肩、手拉手地在首都的公园里游玩,心里好似倒了蜜糖罐,甜滋滋的。

就这样,两人各怀心思,像一对哑巴,在公园里默默转了一圈,最后,在小河旁的第三条石凳前停了下来。

他们的爱情就是从这儿开始的,在这儿,他们第一次约会,这石凳,是他们爱情的见证。今天,刘长明把沈玉霞领到这儿,是希望她能触景思情,能够回心转意。可是,两人默默地站了好长一会,沈玉霞始终一句不吭。

刘长明忍不住问:"你有什么感触吗?"

此时此刻,沈玉霞正在想着那未来的幸福生活哩,哪里还有心思考虑过去的往事? 听到刘长明问她,就说:"没啥感触,快履行你的第二个条件吧。有什么话,尽管说,就是骂几句,我也不在乎。"

刘长明心头一沉,隔了好久,才长叹一口气说:"玉霞,咱们结婚六年了,孩子也快满五周岁了,你就是不为我着想,也得为孩子想想呀! 难道你真忍心让咱们的宝宝失去亲娘?"

这番话难道一点也不使沈玉霞动心吗？不是的,她也知道按理不该和刘长明闹离婚,但她怎么也顶不住那"现代化家庭生活"的诱惑,所以还是一句话也没说,两人脊梁对脊梁地愣在那儿。

过了一会,沈玉霞忍不住催促说:"还有啥话要说吗？没有的话,请履行第三个条件吧!"

刘长明没有回话,也没有动,只是呆呆地望着蓝天、白云,紧皱双眉,脸上呈现出十分复杂的表情。过了好久好久,他的双眉渐渐地舒展了,突然转身对沈玉霞说:"走吧,咱们去办手续吧。第三个条件,我决定放弃了。"

沈玉霞觉得奇怪:"条件是你提出的,我又没反对,为啥要放弃?"

刘长明说:"你别问那么多,不管怎样,满足你离婚的要求,不就行了吗?"

说来也怪,刘长明越不讲明放弃第三个条件的原因,沈玉霞越觉得奇怪,所以又追问说:"你给我讲清楚,为啥放弃第三个条件?"

刘长明想了想,冷冷地说:"你一定要知道的话,我就告诉你吧。我原打算,如果你对前两个条件不动心,就说明你对我已经没一点情意,那我也不给你留什么情面,打算趁接吻时,咬掉你的鼻子……"

沈玉霞惊得"啊"一声,条件反射似的慌忙用双手捂住了自己那只漂亮的鼻子。

刘长明冷冷一笑,嘲讽说:"我已经放弃了第三个条件,你还怕什么? 尽管我恨你,但我不能那样做;假如那样做,也将会给你造成终身的痛苦。好了,你已经明白了我放弃第三个条件的原因,咱们现在就去法院办离婚手续吧!"说完,他头也不回地先走了。

沈玉霞没有动,呆呆地望着刘长明的背影,像木偶一般愣在那儿。刘长明的一番话把她的心打动了:尽管自己绝情,使他万分恼恨和痛苦,可他还是不忍心伤害我,是我……我太对不起他了!

想到这里,沈玉霞悔恨交加,泪水止不住涌出了眼眶。她拼命追赶上去,一把拽住丈夫,"扑通"跪倒在地上,哭着喊道:"长明,我太对不起你了! 我不能离开你,一辈子也不离开你了。你打我吧,骂我吧,我不算人哪!"她哭着,叫着,发疯似的打着自己的脸。

刘长明见沈五霞回心转意,十分高兴,赶紧把她扶了起来。

从此,这一对夫妻更加相亲相爱了。

(马 冰)

三娃逗妻

张三娃由于听多了他老爸讲的那些破案故事,从小便有长大了当警察的志向。高中毕业后,他考上了警校,毕业后便当上了列车乘警。他老爸是个出名的说笑话的能手,张三娃也性格幽默乐观,加上生就一副娃娃脸,活脱脱是块相声演员的料。有人说,跟张三娃搭档,人都要多活几年……

俗话说:乐极生悲,物极必反。这回,就因为张三娃说了一句幽默得过于深刻的话,才生出了他媳妇和他闹离婚的笑话。

闹离婚这件事的来龙去脉是这样的:

年初春运的时候,张三娃和搭档在开往北京的列车上抓住一个"三进宫"的小偷,那小偷为了逃避处罚,就悄悄塞给他俩五张百元大钞。他俩自然不吃这一套,张三娃还数落了那小偷一顿："世界上哪个国家会欢迎偷鸡摸狗的？有的国家头次抓住你斩指头，二次抓住你割耳朵，三次抓住你砍脚掌。你要去香港，香港警察更厉害，计算机一响，半分钟你就上录像……"在一番亦庄亦谐的教训之后，把那小偷送进了拘留所。

谁知，那小偷从拘留所出来后，不仅不思悔改，还发狠要报复张三娃。

有一天，他瞅准张三娃家里没人，便趁黑撬门进了屋，要偷走那台最值钱的彩电，还留下一张事先写好的"敬酒不吃吃罚酒"的纸条。

就在这小偷抱起彩电要溜时，张三娃的爱人小刘恰巧回家来了，她推开门一见小偷，刚张嘴要喊，却被早有准备的小偷用匕首架在脖子上。

更巧的是，张三娃出门走到半路上，忘了带那本《相声艺术欣赏》，便折回家里来，他跨进门见此情景，便"啪"地掏出枪，同时又认出了是那个小偷，他大喝一声："把刀放下！不然我就开枪了！"

那小偷狂叫道："别过来！不然我就开刀了！"

张三娃嘿嘿一笑："开刀？你龟儿子还成外科医生了？"

小偷听他说这话，差点儿被逗笑了。

张三娃眨眨眼、稳稳神，把枪紧紧瞄住小偷的脑袋，可瞄来瞄去就是没敢开枪，但他嘴里却在安慰着妻子："老婆你别怕，老公的枪法棒极了！"

小刘也冒出一句："有老公在，我就不在乎！"

那小偷听了还真虚了三分，也不敢贸然"开刀"。

张三娃又大喝一声："把刀放下，免你死罪，不然我就真开枪了！"

却不料那小偷的贼胆也不小，他反而狂叫道："条子！你老婆在我刀下，你把枪放下让我走，咱俩井水不犯河水，不然我真杀了她！"

在这节骨眼上，张三娃突然冒出一句："你杀了她，老子再找一个！"

张三娃冒出这句话，不知是急中生智的"攻心术"，还是急火攻心、信口开河，竟起到了立竿见影的效果：小偷犹豫了，动摇了，心里说：你想得倒美！偷彩电定不了我死罪，若杀了你老婆，就是个死罪，我吃枪子，你还可以挑挑拣拣地再找一个更漂亮的老婆，我有那么傻么？

于是，小偷便央求张三娃放他走，并先扔了刀，以示诚意。

张三娃捡起刀，把枪放进枪套，尔后不慌不忙，板起脸对小偷训道："我放你走？把你放了，我的处分放在你的档案里？我咋向上头和我老婆交代？"

那小偷望望窗口，四楼太高，跳下去不死也得断条腿；又见张三娃像门神一般堵在门口，张三娃那勾拳铁掌扫堂腿的功夫，他也早就领教过了。于是，他只好叹口气，乖乖地让张三娃戴上了手铐。

张三娃的一句话，镇住了小偷。可逮住了小偷，却得罪了他老婆小刘，一头摆平，一头却翘起来了。

打那天往后，张三娃一回家，小刘就回娘家了。开头几天他也没在意，心想可能是因为出了这件事，小刘害怕，就让她回娘家散散心吧。

可是，又隔了好几天，小刘仍没回来，而且小刘要同他离婚的小道消息传得沸沸扬扬。开头，张三娃还百思不得其解，后来，他猛地一拍脑袋想起来了，便赶紧揣起一个姑娘写给他的情书，一溜烟就往岳母家跑。

小刘一见他，没说上几句话就又哭又闹地质问道："在那么危急的关头，你为啥不开枪打小偷？是啥用心？啥目的？既然你的枪法棒极了，为啥瞄了半天不开枪？八成是想开枪打我哇！

你说……"小刘越说越伤心,"自从跟你结婚,我就担惊受怕,却没后悔过,可结婚才一年多你就变了心,'杀了她,老子再找一个',哼!原来你是想一举两得借刀杀人啊……"

小刘把憋在心里的恶气全倒出来之后,止住哭,又严肃地给张三娃作了以下结论:"你是喜新厌旧,没良心,有野心,没安好心。我成全你,咱们离婚吧!"

张三娃听了小刘的哭诉、质问,一声没吭,却从袋里摸出一封情书,抑扬顿挫地念起来:"张三哥,你好!我早就准备给你写这封信,可就是一直没有碰上合适的机会……"

小刘一听冷笑道:"我没冤枉你吧?唉,真是知人知面不知心,画龙画虎难画骨。幸好原先有计划三年内不要孩子,咱也没拖累,我成全你离婚。但我奉劝你,再不要去欺骗那些纯洁的、涉世不久的姑娘,这是我对你的最后忠告……请你走吧!"

张三娃站了起来,却不走,先装出像小偷的样子探头探脑朝四处望望,见屋里没人,突然哈哈大笑,走过去一把抱住小刘说:"我的夫人,对于您刚才那幕情真意切的表演,鄙人表示充分的谅解和理解。理解万岁!同志们——"

他恰到好处地插进这一个小品动作,弄得小刘哭也不是笑也不好:"你别油腔滑调地来哄我,谁不晓得,你们父子俩都是油嘴扯客!我不会再上第二次当!"

张三娃笑够了,这才倒了两杯水,一杯放在小刘手边,然后换了一副正儿八经的脸孔,摆出一副循循善诱的样子,说:"你冷静地想一想,我要是真没良心、有野心、没安好心,我早就开枪了!执行公务也好,正当防卫也好,打死小偷他活该,是不是?"

小刘既不点头也不吭声。

"可我哪敢开枪呀!我说咱枪法棒极了,那是临场发挥吓唬小偷的,但那心理震慑作用却不可小看,不然小偷咋就是不敢开刀呢?"

小刘脸上的气色开始有所缓和。

"你想想,我们一年就只打一次靶,三发试射,五发立姿,三发跪姿,一共才十一发子弹,我那枪法能有多棒?"

小刘想笑,又赶紧绷住脸。

"要是没把握乱开枪,要是万一把夫人您给打着了,单位上梁书记给您作的悼词充其量是:刘晓莉同志不幸牺牲于一次意外事件的乱枪之中,全体同志都深感遗憾和悲痛,一鞠躬二鞠躬了事⋯⋯"

小刘瞪他一眼,端起茶杯遮住脸。

"而我呢?最多挨一个'理应开枪但处置欠妥'之类的处分,因为好人、坏人各消灭了一名。等过了这一阵,我还不是照样可以'再找一个'?"

"油嘴!"小刘笑了,没再掩饰。"总之,我绝不会乱开枪,万一打错了人,我不真成了'没良心、有野心、没安好心、借刀杀人的张世美?"

"你这个小油嘴!"小刘一下扑进张三娃怀里,又捶又哭又笑。

张三娃却扭头向门口打招呼:"妈,您买菜回来啦?"

惊得小刘跳起来一望,哪里有人!小刘气得抡起拳头往张三娃胸前"咚咚"直敲⋯⋯

(程碧富)

巧治媳妇

　　张明和李艳结婚已经一年多了。自从结婚以后,家务活全部由张明承担,李艳是啥也不干。这还不说,李艳还长了一个偏心眼儿,一见她的父母来,就眉开眼笑,热情款待;看到张明的父母上门,就竖鼻子瞪眼,窝头咸菜桌上端。

　　张明看在眼里,气在心上,总想治治李艳。可是既不好动手打,又不好开口骂,况且打骂也未必能使李艳改变态度。怎么办呢?

　　有一天,张明的父亲从乡下来到城里看望儿子、儿媳,老人一脚就来到张明的厂里。这下张明犯愁了,这可咋办呢? 他想呀想呀,猛地想出了一个办法。

　　张明立即给李艳打了一个电话:"李艳,咱家来贵客了。"

"是谁呀?"

"是你爹,也是我爹。"

"啊!我爹来了,这可太好了!"

"我们中午回家吃饭。"

"好。"

张明请了假,便对他父亲说:"爸爸,咱们先到商场、公园去溜达溜达吧?"老头乐呵呵地说了一声"好",父子俩就去溜达了。

再说李艳听说爹来了,乐得咧开了嘴,提起小篮上街,烧鸡、鲤鱼、猪肉买了满满一篮,外带一瓶"千山白酒",回家后就忙开了。

张明和父亲溜达了一阵,估计饭菜快做好了,便说:"爸爸,时间不早了,咱们回去吃饭吧。"于是父子俩朝家中走去。

走到家门口,张明喊道:"李艳,爸爸来了。"

这时,李艳人未出门声音先到:"爸爸,您可来了!"推开门一看,"啊"脸顿时变了颜色。

张明和父亲走进屋一看,好酒好菜摆了一桌子。张明说:"爸爸,来,咱们吃饭吧!您儿媳妇是带病给您做的饭菜,这不,到现在脸色还不好呢!李艳,咱陪爸爸吃饭吧!"

李艳心里火得直冒烟,又开不出口,就一扭头,说:"我不舒服,你们吃吧!"说完走进屋里,一头趴在炕上。

无巧不成书,事隔十天,李艳的妈来了。

张明又给李艳打电话:"喂,咱家来贵客了。"

李艳冷冷地问:"又是哪门子贵客?"

"咱妈来了。"

"谁妈?""是你妈,也是我妈。"

李艳"哼"了一声,便把电话挂了。

李艳挂掉电话,心中暗说:这次非给点颜色看看。于是,她特意到粮店买了几斤玉米面,贴上了大饼子,又切了一块萝卜疙瘩,摆上一碟已经长了白毛的大酱,专候老太太的到来。

不一会儿,门开了,张明和他丈母娘走了进来。李艳一看,高兴得从床上蹦了下来:"妈,怎么是您?"

老太太看了看桌上摆的饭菜,说:"你们……"

李艳满脸通红,支吾了半天才说:"妈,您不是说下个月来吗?怎么现在就来了?"

老太太眉头一皱,说:"别提了,你弟媳拿我不当人,整天给我吃窝头咸菜,对我总没有好脸色。我实在呆不下去了,就上这儿来了。"

李艳听到这里,脸更红了。她把张明拉到里间,说:"张明,我错了。往后我一定像对待我爹妈一样对待你爹妈!"

张明笑了。

(路正红)

丈夫有德

　　春江镇农贸市场内,最近又增添了一个肉摊。摊主是个女的,名叫莫霞彩,年纪三十挂零,长得肩宽腰粗,像个举重运动员。她的丈夫是春江镇小学的教师,名叫柳一春。夫妻俩一文一武,很引人注目。

　　不过,这杀猪卖肉的钱也不容易赚,莫霞彩起早摸黑,汗没比人家少流,力气没比人家少使,可到头来,卖出的肉少,受进的窝囊气多。

　　这天傍晚,莫霞彩到收摊时又有几十斤猪肉未卖掉,当她疲惫不堪地来到自家门口,就见前门、后门都锁着,竖耳听听,隔壁小屋里的猪"嗷嗷"地直叫,估计丈夫尚未到家,脸色顿时阴沉下来。她气呼呼地打开前门,来到灶间,只见米没淘,菜没洗,吃早饭的碗筷原封不动地浸在锅子里，地上到处是鸡屎。看看眼前的情景，想起卖肉受的气，莫霞彩胸中涌起了一股怒火，鼻子一酸，拿起一只碗，"砰"一声摔在地上。

这时，柳一春挟着一叠学生作业本回家来了，听到妻子的摔碗声，知道她今日卖肉又碰上了不顺当的事，于是挽起袖子，笑着说："你歇着，晚饭我来烧。肉卖不掉急也没用，明天再卖嘛。"

莫霞彩听丈夫说这话，火气更大了，"腾"地冲到丈夫面前，大声骂道："你这个死人，还要不要这个家？住旅馆也得先打个招呼，办个手续。你倒好，整天泡在学校里，究竟图个啥……"

莫霞彩嗓门越来越高，引得四邻乡亲纷纷过来观望。柳一春知道妻子的火暴脾气，所以只顾埋头洗碗，一声不吭。果然，莫霞彩找不到对手，骂着骂着，声音就低了下去，一会儿，便拎起猪食桶喂猪去了。

事情就是那么怪，莫霞彩打从那天发火之后，卖肉的生意竟然一天比一天好起来了。到了月底，农贸市场内的24家肉摊，数她卖得最快，每天一头猪，中午过后就卖完。

这一下，同行们议论纷纷了，有个老屠工叫丁小毛，他暗暗观察了好几天，便认定莫霞彩是沾了女人的光，为了在生意场上战胜对手，他一咬牙，硬是叫在宾馆里做招待员的女儿将工作辞掉，跟他卖肉。

丁小毛把女儿打扮得如花似玉，带着她来到摊铺，他朝莫霞彩瞟了一眼，心中不由一阵得意：哼，丑八怪，这一下你还神气得了吗？

还别说，花枝招展的姑娘在摊铺前一出现，倒确实也有些轰动效应，一时间围过来不少人，大家指指点点，像是在欣赏时装模特儿，可到头来还是没有人过来买肉。丁小毛再伸长脖子朝莫霞彩摊上一望，嗬，摊前人头攒动，生意兴隆，气得丁小毛眼睛翻白，直跺脚，他百思不解：那么多顾客到底看中莫霞彩什么呢？

到了中午，莫霞彩肉墩上只剩下两斤多条肉了，她搁着二郎腿在美滋滋地点钞票。这时，入口处来了一位手拎菜篮子的大嫂。丁小毛父女因为肉卖不掉，所以急忙上前拉生意，指着肉墩上的拆骨肉、全精肉、夹心肉，求她称几斤，可是那大嫂连瞧都不瞧一眼，径直来到莫霞彩摊前，二话没说将仅剩的两斤多条肉买走了。

这一下，莫说丁小毛，就连莫霞彩也被弄得糊里糊涂了。莫霞彩生意越做越好，她的骄气越来越足，脾气也越来越大，渐渐地不把丈夫放在眼里了，稍有不顺心就大发雷霆。

一天放晚学后，柳一春给几个因病缺课的学生补了一阵子课，一看手表，时间已经过了五点，想起妻子曾关照过，吃了晚饭她还要去订猪，心里不免着急起来。

他心急火燎地跑回家，进门一看，妻子板着面孔，母夜叉似的坐在堂前正中的藤椅上。柳一春心里"咯噔"一下，自知不妙，忙低头立在大门旁，轻声地说："霞彩，我在给几个学生补课，回来迟了点。你放心，耽误不了你去订猪，晚饭我这就去烧。"

见妻子依然没动静，他想起刚发的一百元"优秀园丁"奖金，急忙从袋里取出，递到妻子的面前，倍加小心地说："喏，这是刚发的一百块奖金，交给你。"

莫霞彩连眼皮子都没抬，顺手拿过卖肉的钱盒，抽出一大叠人民币往八仙桌上"啪"地一甩。柳一春心"别"地一跳，知道狂风暴雨要降临了，于是他索性一屁股坐在门槛上，洗耳恭听妻子的"教诲"。

果然，静了一会，莫霞彩一拍桌子，劈头盖脸地骂开了："一百块钱也到我眼前来炫耀，告诉你，我一刀肉抵你教一个月的书。补课，补课，补课值多少钱一斤？你这没用的书呆子，家里在造房子，批地基、买材料、搬运东西，你哪样操过心、出过力？村里哪一家的男人像你这样死心眼，每月为了一百多块钱，没日没夜地批呀、改呀、补呀,就是心中没有这个家！嫁给你这样的男人,我真是倒了八辈子的霉。今天,我把丑话说在前头,再这样下去,咱们干脆一刀两断,吹!"

妻子"机关炮"似的一顿轰,把个柳一春轰得哑口无言。他有自知之明,论力气,不是妻子的对手;论收入,不及妻子的零头。他心里更清楚,妻子起早摸黑杀猪、卖肉,辛辛苦苦全是为了这个家。所以从这以后,柳一春处处小心,事事留神,把家务活都包了下来,这样家里才算太平了些。

转眼到了重阳节,这天课外活动,柳一春班里一个学生练习跳高扭伤了脚,等柳一春背学生上医院看好伤,送回家,天已经暗下来了。柳一春心中暗叫"糟了",便没命地往家跑。

快到家时,远远地望见妻子腰系围身布,双手叉腰,像铁塔一座站在大门口,那架势和平时杀猪时一模一样。顿时,柳一春心跳加剧,两腿发软,不自觉地放慢了脚步,暗想:上次她坐在堂前,已经闹得天翻地覆,这次站在大门口,这副模样,还不知会闹到什么程度呢！倒不如三十六计走为上策,先回学校暂避一夜,待她气头过去再向她说明情况。想到这里,柳一春转身往回走。

妻子见了,大喊一声:"你跑什么,我已经等你一个多钟头了。"

柳一春闻声更是撒腿就跑,可是跑了没多远,就被妻子追了上来,像抓小猪似的抓回了家。

一进门,柳一春发现堂前八仙桌上摆满了丰盛的菜,还有一瓶大补酒,他急忙说:"噢,有客人,你们先吃,我学校里还有点事。"说罢就想挣脱妻子的手。

莫霞彩一把捉住丈夫朝藤椅上一撮,二话没说拧开酒瓶盖,拿过一只大酒杯,"嘟嘟嘟"地倒了一满杯,朝丈夫面前一放,声音硬邦邦地说:"哪来的客人,今天是特地请你喝的。"

柳一春倒抽一口冷气,瞪大两眼直愣愣地盯着妻子,好久才低下头凝视着酒杯沉思起来……

过去农村两口子闹离婚，又吵又闹，弄得两败俱伤，如今，也有人从外国电影里学来了新潮，在酒席上客客气气分手。柳一春心里清楚，妻子今天给自己倒的是一杯苦酒，喝了就意味着分手，这绝对不能喝！想到这里，他把酒杯轻轻推开。

莫霞彩见丈夫不喝，就端过酒杯，笑着问："怎么，怕我下毒？"说着话，一仰脖子将酒一饮而尽，随后，又给丈夫倒了一满杯，命令道："这杯酒你一定得喝，喝了我再跟你具体说。"说完，她端起酒杯往丈夫嘴边送。

妻子居高临下的样子，终于使柳一春发怒了，他想：强扭的瓜不甜，妻子既然打定主意和我离，那我也不必留恋什么。于是柳一春"腾"地站了起来，接过酒杯大声地说："好，酒我喝，不过话我得讲明！我是个教师，家长把孩子托付给我，我就得负起责任。可你倒好，自以为多挣了几个钱，架子摆得十足，稍有不顺心就拿我发泄。告诉你，我绝不会为了几个钱而丢下自己的工作，这就是我的态度，永远不会改变。你要离，就开口吧！"

莫霞彩惊呆了，但她很快又明白了，看着丈夫那激怒的神态，发抖的双手，心里不由得百感交集，霎时眼圈都红了。她急忙说："一春，你误解了，今天我才真正明白了许多道理，也真正理解了你。"接着莫霞彩便详细地讲述了一件感人的事情。

今天清晨，莫霞彩到邻村去杀猪，因为路上遇到车祸，耽搁了不少时间，等她上气不接下气将肉拉到农贸市场，时间已经八点了。她想：糟了，早市赶不上了。她朝肉摊一望，发现自己的摊位前围着很多人，莫霞彩以为是别的屠工占了她的肉墩，便气冲冲地拉着肉冲上前去。可走近一看，不由愣住了。原来，这些人都是她的老买主，他们在风里等了两三个小时，可谁都没有一句怨言。

见此情景，莫霞彩激动得话都说不出来，她更加弄不明白了,旁边有那么多的肉铺,可这些顾客视而不见,宁肯花时间在这里排队,这到底是为了什么?

莫霞彩憋不住了,把秤杆一放,开口说道:"各位顾客,我和你们无亲无故,可你们这样帮我,我除了感谢,更想知道这里的原因。"

好长时间,见没人开口,莫霞彩发了脾气:"你们不说,今天我也不卖肉了。"

这样一来,才听见一位中年妇女说:"你莫谢我们,我们倒是要谢谢你家的柳老师。他家务这样重,还为我的孩子补课。"

话匣子一打开,众人七嘴八舌地议论开了:"是呀,柳老师一心为学生,他真是一位好老师呀!""大嫂,我们这些学生家长真是好福气,碰上了这样一位好老师!"

众人的话使莫霞彩恍然大悟,原来这些老买主都是学生的家长,他们为了让莫霞彩早点将肉卖完回家搞家务,减轻柳老师的负担,暗中联络起来这样做的。

莫霞彩说到这里,已经泪流满面了,她动情地说:"一春,过去只怪我门缝里看人,把你看扁了,让你受了不少罪。想不到你书教得这样好,受到了这么多学生家长的爱戴,连我也借光了。今后,你就安安心心地教书,农活、家务由我包了。"

听完妻子的一番话,柳一春也非常激动,他恳切地说:"不,你杀猪卖肉也够辛苦的,农活、家务照旧我来做。"

(盛伯勋)

儿 女 心 思

父母有父母的情，儿女有儿女的心，这就是家庭。

掌上明珠

淇水镇有个皮老三,他趁着开放搞活的时机,卖烟酒发了大财,成为镇上首屈一指的富户。为了显示自己财大气粗,他请客送礼塞钞票,在镇西头划了六分宅基地,盖了座外观典雅、内部装饰豪华的小楼。

到了搬家的时候,皮老三丢下寡妇老娘,却带上那条浑身上下没有一根杂毛的黄狗。这狗懂人性,知人情,似乎人间的喜怒哀乐它都知道,皮老三格外喜欢这狗,视作掌上明珠,取名宝宝。

搬进新房,宝宝担起了看家护院的重任,别看它平时温顺乖巧,但一有风吹草动,便竖耳瞪眼伸舌,令人生畏。皮老三有宝宝日夜守卫,自然是白天放心外出做生意,夜里四平八稳呼呼睡大觉。

不料,好景不长。

这天中午,皮老三的娇妻许丽香回家,去储藏室拿香蕉,却不想两盘进口香蕉不翼而飞;晚饭前,皮老三照例要喝两盅五粮液,哪知清早买来的两只道口烧鸡,怎么找也找不到。

皮老三一时火起,不干不净地朝许丽香吼道:"你他娘个馋猫,把烧鸡吃啦?"

"胡扯!谁见你的烧鸡啦,我放的香蕉也没影了!"

这时两口子才犯了疑,看来家里招了贼。

一连几天,吃的东西天天少,皮老三和许丽香捉摸不透,有宝宝在,谁敢进来偷?

许丽香想了半天,猜着说:"是不是让宝宝给偷吃了?"

皮老三养宝宝七八载,对它坚信不疑,说:"净瞎怀疑,宝宝是不偷主人东西的,再说,香蕉、苹果、罐头都丢,宝宝又不吃这些东西。"

说归说,两口子总是添了块心病。

许丽香说:"老三,常说钱多是祸不是福,看这阵势,定是有人在打咱的主意,得小心点呀!"

皮老三觉得许丽香讲得在理,就把存折、现金检查一番,放到了安全地方。

第二天,皮老三和许丽香离家时,又对宝宝打着手势反复叮咛,要它看好门护好院。可万万没想到,下午回家,许丽香发现刚买的咖啡色高级女呢大衣不见了。

许丽香气得要去镇派出所报案,皮老三拦住了她,说:"咱还是多留些神,有线索了再报不迟,不然一报案,公安来了又要添麻烦。"

许丽香气没处出,把宝宝叫来,臭骂了一通。宝宝垂着头,像是失职犯了错误。许丽香恨从心头起,飞起一脚,踢在宝宝头上,宝宝"汪汪"叫了两声,扑在皮老三脚下,眼里含着辛酸的泪珠。

皮老三看了心疼,就劝道:"算啦,宝宝又不吃大衣。明天大门再加一把锁,不就行啦?"

清早,许丽香把一盒高级蛋糕有意放在储藏室的食品柜上,又在食品柜前边撒了一层面粉。中午回来,许丽香一看,蛋糕无影无踪,面粉上印着几只狗蹄印。

许丽香顿时怒火中烧,跳到院中,叫来宝宝,气汹汹地问道:"蛋糕是你偷吃的吧?"

宝宝惊恐地望着女主人,蹲下来,头又点又摆。

这时许丽香才明白过来,面前是条狗,再懂人性,也是兽类,不会说话,就顺手拿起一个花盆,照宝宝砸去,宝宝蹲着没动,连叫也没叫一声。许丽香火气更大,抓过一个花盆又要砸,正好皮老三回来,夺了许丽香手中的花盆。

皮老三对宝宝偷吃蛋糕摇头不信,每天三餐,宝宝和他皮老三同吃同喝,少不了荤腥,它怎么可能偷蛋糕吃?

皮老三为了笼络宝宝的心,每天割半斤肉,专门喂它,可它用鼻子嗅嗅,又摇摇头,只是在院里不停地转,一副心烦意乱的样子。

转眼过了三天,它仍然不吃不喝,皮老三无可奈何地骂道:"他娘的,宝宝看来有啥心事吧?"

又是一个早上,许丽香烙了四张油饼,两口子一人吃了一张,剩下两张许丽香把它放在厨房里,和皮老三走了。

待皮老三和许丽香一走,宝宝悄无声息地进了厨房,它看看盘子里的油饼,高兴得摇头摆尾地来到院中,顺墙转了一圈,在一个墙缝里扒出一个塑料袋,叼着又进了厨房,连扒带扯,硬是把油饼放进塑料袋里。

正在这时,门一声响,皮老三和许丽香回来了。

皮老三一眼看见宝宝叼着塑料袋,先是一惊,接着一愣,跟着发急,捞起一把铁锨朝宝宝打去。宝宝疼得一抖,叫了一声,塑料袋掉在地上。

皮老三抢上一步去拾塑料袋,可今天许丽香特别大方,一扯皮老三说:"别跟宝宝生气,叫它吃了吧!"

宝宝在这一眨眼间,扑过去叼起塑料袋,"嗖"一声蹿出门外。

皮老三追出去吼道:"给我回来!"

许丽香说:"两张饼,让它吃了吧!"

"哎呀,塑料袋,塑料袋!快追!"说完,跳上摩托车追了上去。

宝宝出了门,直朝南大街跑,皮老三骑摩托车在后边拼命地追,许丽香屁股一扭一扭地跟着赶,这可引起了大街上众人的注意。

转眼到了路宽人稀的地方,皮老三一踩油门,摩托猛一蹿,"扑"一声把宝宝拦腰撞出丈把远,摩托车也翻了,把皮老三摔了个龇牙咧嘴。皮老三挣扎着想去抢那只塑料袋,可站了几下没站起来。

这时,只见宝宝有气无力地叫了两声,它拼尽最后一点气力,一下子又叼住塑料袋,猛地从人群中冲出去,直朝路边的三间破草房跑。一个白发苍苍的老太太听见宝宝的叫声,从屋里颤巍巍地出来,她身上披着一件咖啡色女呢大衣。

宝宝扑到老人脚前,老人俯下身,搂住宝宝,眼泪"簌簌"直流。

另一个老太太上前扶住那老人,说:"你三天没吃东西了,宝宝送来了油饼,快吃点吧!"

老人从塑料袋里拿出油饼,连连咬了几口。当她站起来时,才发现宝宝已气绝身亡。

老人抱着狗哭起来:"宝宝呀,没有你,谁给我送吃的呀!"

她拍打着那塑料袋,对众人说:"俺那皮老三儿,连这狗都不如呀!"

人们一阵哄闹:好一个皮老三,发了财,有了钱,连老娘也不要了,还有点人味没有?

皮老三也顾不得许多,忍住疼,来到老人面前,伸手把塑料袋夺过去,翻了几下,把那张油饼掏了出来,递给他娘。

这时许丽香气喘吁吁地跑过来,上去把油饼夺下,喊道:"不能吃!"

这可把群众气恼了,他们怒气冲冲地斥责这对忘恩负义的小人。

许丽香实在瞒不住了,只好如实说:"里边……里边有老鼠药!"

话刚说完,皮老三的娘已呕吐起来,只见她前后一晃,跌在地上。

皮老三傻了,喊了声"娘",又回身去抓许丽香:"你、你为什么下毒?"

许丽香慌了,连连申辩:"我、我是想把宝宝药死哩!"

皮老三身子一软,手一松,那张开了口的塑料袋掉在地上,从里面散落出一叠东西。大家一看,吃了一惊,原来都是假的名酒商标。

皮老三呜呜咽咽地嚎了起来:"娘呀,你要把我送监狱啊!"

(申法海)

善有善报

老王得了晚期肺癌,儿子王郁将他接回家,天天鸡鸭鱼肉,全力讨他欢喜,照顾得无微不至。老王呢,心里明镜似的,整天装得乐呵呵的,仿佛啥事也没发生。

老王结过两次婚。第一次生了个儿子,就是王郁,这孩子什么都好,就是不大说话,有点老实得过头,说心里话,老王不大喜欢。孩子刚几岁,老婆就一病去了,直到王郁十多岁,老王才又在农村找了个伴。这后妻带了两个儿子过来,他们比王郁小不了多少,都是一副聪明机灵的样儿,远比王郁乖巧。后妻极不喜欢王郁的呆样儿,而且又不是亲生,因此极尽"枕头风"之能,使得老王更讨厌王郁。以后,孩子们渐渐长大,家里生活越来越困难,老王便让王郁停了学,去打零工。后来,单位上看老王困难,就给他照顾了一个招工名额，这好事自然轮不到王郁。再过几年，老王闹病，提前退了休，照老王的意思，这次该让王郁顶替了，但后妻死不同意，用尽了一哭二闹三上吊的手段，最后，王郁反主动劝父亲，让弟弟顶了班。

自打两个弟弟跳了龙门，后妻也跟着进了城，只留下王郁和老父亲相依为命。后来王郁办了个执照，父子俩做起了小生意，渐渐红火起来，买了一个铺面，这下两兄弟才对父亲亲热起来。后来兄弟俩体面地成了家，再往后抱了儿子，三天两头向父亲要钱，而王郁始终是光棍一条。

如今老王病入膏肓，才感到愧对王郎，实在没脸面在家待下去。王郁明白父亲的心情，便安慰道："爸，这段时间我不去上工了，反正也挣不了多少钱，不如在家休息一下。"

"儿啊，我这一折腾，又得花不少钱，我……"老王说到这里，再也不好意思说下去了。

"钱嘛，是挣得来的，身体才重要呢。"王郁又安慰道，"爸，你忘了，还有一笔钱，我一直存着没用呢。"

"还有什么钱?"

"就是妈留下的那个首饰盒呀，你是知道的，那些首饰值不少钱呢。"

"首饰?"老王想了好久才回忆起来，前妻以前确实有一个首饰盒，据说还是她母亲的陪嫁。但是老王早就听妻子说过，那些玩意只是镀金的铜片而已。老王心中一阵黯然:这傻孩子，竟把它们当作真金了。

这事不知怎么给传出去了，过了几天，后妻的两个儿子带着他们的妻子儿女来看老王，大包小包的，亲热得不得了。

热乎了一阵，两个儿子开始谈正题了。

"我们厂越来越不景气，工资都发不出了，孩子又需要营养……"

"前段日子妻子生病,儿子也跟着闹病,到处借钱,才凑齐了住院费,你看看……"两个儿子穿得确实潦倒,孩子们也都脸色焦黄。不过,这些小孩子不比他们父亲逊色,围着爷爷转,说着一些父母教的话。

老王冷不防地问:"是要钱的吧?不要转弯抹角了,你们那点心思我懂。"

儿子媳妇们面面相觑,一时都愣住了。

"看看你们,为了几个钱,把孩子都教坏了,你们在做些什么!告诉你们,钱是没有的,别瞎操那份儿心了!"老王气呼呼地把心里话都说了出来。

两个儿子和媳妇交换了一下眼神,总算没有发作,耐着性子又说了一些中听的话,才带着孩子们悻悻地去了。

没多久,老王的后妻提着些东西来了,痛心疾首地求老王原谅她过去的不好,她要弥补以往的过失。

"毕竟处了这么些年,想起来怎么也舍不得就这样离开。"后妻环顾四周,充满感情地说。

一个垂死的人还有多少怨恨呢?很快,老王叹了口气说:"这是你的家,你要回来,谁也不会阻拦你。"

后妻宽慰地一笑,显得那样温柔、亲切,就像初婚时那样。一时间,老王几乎有种错觉,时光好像回到了以前。

这个家又开始热闹起来,后妻细心地照料他,城里的两个儿子几乎天天都来看他,一家人和和睦睦,欢声笑语,似乎没有一丝阴云。

日子一天天过去了,死神终于逼近了老王。这天夜里,老王显出从没有过的清醒,他唤来了妻子和儿子们,他那慈祥的目光从他们脸上轻轻扫过,嘴边露出满意的微笑:"我这一辈子有这样一个好妻子和三个孝顺的儿子,是我最大的……幸福。"他的声音开始低哑,最后他试图用手来触摸他的亲人,王郁伸手紧紧抓住父亲的手,忍着泪说:"爸,你安心休息吧。"老王最后望了他一眼,带着笑意离开了这个世界。

王郁放声痛哭,而他的两个弟弟却忍不住都笑了起来:"人死了,有什么好伤心的,这才是一种痛快的解脱。"

后妻也冷冷地吩咐道:"马上将尸体搬到外面去,这房子是我们的,还有那个首饰盒!"

一听这话,两个弟弟飞快地东翻西找起来,很快就找出了那个首饰盒。他们眼里闪着贪婪的光,屏住呼吸,小心翼翼地伸出颤抖的手。

一道亮光闪过,母子三人一起叫了起来:"啊,金子!"三人又是叫又是闹,疯狂、快活得喘不过气来。

"这是什么?"他们从首饰盒里抽出几封信,看了一下,是老王以前寄给前妻的信,便一下子扔在地上。

王郁的眼泪又一次落下来,他知道爸爸和妈妈的感情,一个箭步冲上去,将那几封信捡了起来,然后走出家门。

"小郁,怎么回事,你父亲尸骨未寒,你就被赶出来了?"

王郁一看,是父亲的老邻居郑伯伯。

见到郑伯伯,王郁像见到了亲人,连哭带说,一口气把一切都告诉了郑伯伯:为了父亲最后的日子过得开心,王郁和后妈签订了"不平等条约",即他放弃一切继承权,包括那个宝贵的首饰盒里的一切。此时他已是负债累累了。

"多么善良的心啊!"郑伯伯感慨万千。突然,他看到那几封信上的邮票,忍不住惊叫起来:"天哪,'放光明',啊,这是错体邮票!"

"什么? 这邮票……"

"天,让我仔细看看。"老人激动得语无伦次,又把信封上的邮票看了个仔细,最后肯定地说,"是真的。他们没有得到真的金子。而这些却是千真万确的错体邮票,每张价值好几万呀……"

(唐 波)

催交房钱

有个老太太,她的儿子在外地工作,她的心一直惦念着儿子,儿子也经常给母亲写信、汇款,亲得很呢! 老太太逢人便夸儿子孝顺。

可是,儿子结婚以后,就不给母亲写信了,连生活费也不寄了。这可把老太太气坏了,老人家让亲友一连给儿子写了三封信,也没有回音。

老太太要去找儿子责问,被亲友们劝阻了。最后,大家商议了一个办法:给儿子拍一个要钱的电报。

电报发出去没几天,收到了儿子的来信。老太太拆开一看,可气恼喽。为什么呢? 因为儿子的信没头没尾,上面就写着这么几句话:

新社会,新国家,能劳动,有文化,谁个挣钱谁个花。坐享其成恃老迈,真正不像话!

儿子不赡养老娘了,你说她能不气吗?

老太太戴上老花镜,气得颤抖着手,拿起笔给儿子写了封回信。那封信也是没头没尾,写着这么几句话:

小喜鹊,长尾巴,有了媳妇不要妈。糊涂顶撞不明理,十个月房钱你付啦?真是个没良心的娃!

看这气势,老太太可真要对着干哩。

儿子拆开信一看,怔住了:我咋欠十个月的房钱呢?房租是按月由会计扣除的,怎么说我没交呢?想到这儿,他拔脚就往会计室跑。

儿子到了会计室,劈脸就问会计:"我们的房钱,哪一个月不是你扣的?你怎么跟我母亲说我们十个月没交房钱?"

会计被他问糊涂了,就给他解释,说是根本没有这回事儿。

儿子见会计不认账,就把母亲的信往桌上一摔:"你别不承认。你要不说,我母亲怎么说我欠房钱?"

会计拿起信细细一看,笑了,可她一言不发。

儿子见会计笑而不答,顿时青筋暴起:"你笑什么?我屈说了你?"

会计仍不吭声,她看看对方不蹦了,才慢条斯理地说:"告诉你吧,我收的是公房房费,你母亲跟你要的是私房房费,井水不犯河水。你欠她多少,我怎么知道?回去吧,还有什么弄不清的,问你老婆去。"

儿子听会计这么说,满肚子不高兴地回到家。

他那怀孕的妻子见丈夫回来了,便问:"会计承认不承认?"

儿子把信朝妻子怀里一扔,说:"会计说,妈跟我们要的是十个月私房钱,让我来问你。"

妻子拿起信再细细一看,顿时满脸通红,一声没吭。

儿子见此情景,便问妻子:"你怎么不说话?"

妻子走到丈夫跟前,和丈夫咬了一阵耳朵,指指自己挺起的肚皮,又用手指戳一下丈夫的脑门,说:"你呀,真是个笨蛋。丢人现眼!"

儿子听妻子一说,被手指一戳,像泄了气的皮球,失神地跌坐在床上,捂着脸哭了。

（陈枚健）

兄弟分家

张家阿婆家里三个儿子分家,吵吵嚷嚷,整整分了三天三夜,才把三间房子、家具、农具、瓶瓶罐罐……一一分掉。最后,只剩下一样"古董"——张家阿婆,三兄弟你推我让,谁也不要。

为了分这件古董,主持分家的老娘舅脑筋动破,嗓子讲哑,香烟抽掉一条,结果还是分不掉。三个儿子的理由是:父亲活着的时候积下一笔钱,可娘一直没有拿出来分掉。张家阿婆气得脸色煞煞青,双手冰冰凉。老娘舅气得青筋暴起,胡子翘起,拍桌而起。

三兄弟见老娘舅发火,才算勉勉强强答应轮流供娘,怎样供法,由他们三兄弟、三妯娌再具体商量。

第四天的晚上,兄弟三个眼睛对眼睛、鼻头对鼻头地坐在电灯下,商量怎样供娘的方法。他们各人身后都站着一个"参谋长",张家阿婆坐在灶堂里流泪。

老大看看两个阿弟,首先开了腔:"呆在这里也不是办法,我提议按月轮供,我先供起。"

这时,大媳妇看了看挂着的日历,默默地点了点头,表示赞成。她暗暗佩服丈夫有心机,因为这个月已经过去了五天,又是月小,一来一去可以少供六天。

老二好像从嫂嫂的眼神里发现了秘密,他不紧不慢地说:"月份有大小,这样供不合理,我不同意。"

老三也同意老二的看法,于是老大提出的第一种方案被二比一否决了。

大家又是眼睛对眼睛、鼻头对鼻头地沉默了。

"我来讲几句。"平时讲话不多的二媳妇开口了,"按月轮不公平,那就十天一轮嘛,从大轮到小,硬碰硬,谁也占不了便宜。"

第一种方案被否决,大媳妇像吞下了一只金苍蝇,心里着实不舒服,眼下听二媳妇这样一说,她憋在肚里的话就像开了闸的渠水,一起说了出来:"哼,你们以为我是木头脑袋? 十天一轮,我家就挨在月头! 论农历,清明、立夏、端午、重阳都在月头;论阳历,元旦、五一、国庆也都在月头;人来客往,专叫我们接待、供饭,我可吃不起这个亏。我不同意。"

老大暗暗佩服妻子的聪明,附和着说:"我也不同意。"

老二见大哥、大嫂不同意,便侧过身去征求老三的意见,希望能得到阿弟的支持。

老三领会老二的意思,微微点了点头,说:"我——"谁知"我"字一吐出口,腰眼里揰来了一拳头,他赶紧"煞"了"车",知道背后的"女高参"有指示。

果然不错,三媳妇灵香开口了:"这种轮法,轮到月初的人太吃亏了,我也不赞成。"

老二的老婆提出的第二套方案也被二比一否决了,于是大家又眼睛对眼睛、鼻头对鼻头地静坐着,三兄弟、三妯娌个个心里有一把铁算盘。

一眨眼,十一点了。

老大接连打了几个呵欠,说:"明天再商量吧!"

三媳妇连忙说:"今天商量好算啦,老是半夜半夜坐着,将来电费怎么摊派呀? 我倒想出个轮的方法:是不是老大一四七,老二二五八,老三三六九,这样月大月小无妨,月头节日分散,公平合理,谁也不吃亏。"

"那逢十这三天叫谁来供呢?"老二提出了这个问题。

灵香胸有成竹地说:"你们兄弟三个是娘身上掉下的肉,难道你们那个小妹子是石洞里钻出来的? 都是爷娘养大,你们三兄弟十天里每人供三天,叫她供一天难道天会塌下来?"

灵香的话说得五双眼睛笑成了十条缝,三兄弟、两位嫂子都不约而同地竖起了大拇指:"高! 高! 高!""妙! 妙! 妙!"

可是这一"高"一"妙",却苦煞了年迈的张家阿婆。

张家阿婆吃轮供饭已经三个多月了,逢十这天她照例到离村五里路的女儿家去吃饭。

有一天正逢十,天下大雪,"呜——"西北风一个劲地刮着。直到中午,风才小了点,张家阿婆走出村口,踏上盖着厚雪的机耕路,一扭一扭地到女儿家去。谁知一不留神,一脚踩到一个坑里,跌在雪地里,只感到右踝骨钻心地痛。她几次双手撑地想站起来,可是都站不起来。

这时,正好区人民法庭庭长刘正义路过这里,赶紧把张家阿婆扶起,关切地问:"大妈,伤在哪里呀? 这么大的年纪不在家里,顶风冒雪上哪儿去呀?"

张家阿婆一听,"呜呜"伤心地哭了起来。

刘正义本想问个究竟,但见她脸色灰白,浑身颤抖,知道大妈伤势很重,急需治疗,因此也顾不上细问,便蹲下身去,恳切地说:"大妈,来,我背你上医院。"

张家阿婆开始不肯,后来经刘正义再三催促,脚又痛得厉害,也就答应了。一路上,张家阿婆便把自己的身世、目前的处境,向这位比儿子还亲的陌生人诉说了一番。

张家阿婆在公社医院住了五十多天,住院费、医药费总共用掉了五百元差一分。

出院这天,刘正义庭长叫法警传来了三兄弟和三妯娌,对他们虐待母亲的行为进行了严肃的批评,并规定弟兄三人每人每月交给娘生活费 50 元,这次治伤的费用三家平均负担,立即付清。

这个规定可难坏了三兄弟和三妯娌,他们又眼睛对眼睛、鼻头对鼻头地不作声了。

到底还是三媳妇灵香机灵,她首先表示同意,并且提出请婆婆到她家去住,与他们一起吃,理由是阿婆伤势没彻底痊愈,缝缝洗洗要人料理。

老大一听,心里明白,机灵鬼想占便宜,在打我和老二的 50 元钱的主意了。哼,没这么容易! 他拉住娘的右臂要娘跟他一家人同住同吃。

这下老二也清醒了,拉住娘的左臂,生怕被老大、老三抢走似的。

分家时你推我让的老古董,眼下三兄弟却你抢我夺了。

最后经过三兄弟几次讨价还价,作出了这样的协议:每月三兄弟每人拿出十元钱给娘做零用,饭还是轮流供。

刘正义庭长考虑到阿婆年纪大,加上伤未好全,自己烧吃不方便,便同意了灵香的要求,但再三关照,日后不能再虐待母亲,不然要受到法律的制裁。

张家阿婆出院了,可是三个媳妇却心痛付出的这笔医药费,全都"病"倒了,弄得张家阿婆给这家烧饭,给那家喂猪,忙得团团转。

一天中饭后,张家阿婆的女儿荷花拎着一篮鸡蛋来看娘,当她看到刚刚出院的母亲跷着脚在给三哥家喂猪,伤心极了,跑上去一把夺下猪食桶,扑在娘的肩头上"哇"地哭了。她把娘扶回小屋,一定要娘到她家里去养伤。张家阿婆感到这样的日子也实在过不下去,就哭着从床底下拉出了一只破箱子,打算理几件换洗衣服就走。

这时,装病躺在床上的三媳妇灵香听到隔壁阿婆和荷花在哭,便爬起来蹑手蹑脚地来到门边偷看。当她看到母女俩在理衣服,知道老太婆要到女儿家去了,不禁心里一喜。

突然,她看到阿婆在拿衣服时,从箱子里带出一样东西,而荷花和阿婆都没有觉察。

灵香探进身子仔细一看,像是存折,马上联想到分家时三兄弟说阿婆有积蓄的话来,她不由自主地跨进门去,一把抓在手里,啊,果然是存折。

她打开一看,差点儿喊出声来,她怀疑可能是自己一时慌乱,眼睛看花了,揉了揉眼睛再看,不错呀,个、十、百、千,"8"字后面三个零,是八千元,这下她惊喜得愣住了。

三媳妇正想往袋里塞,只见荷花的眼睛盯着自己,知道被发现了,不觉有点尴尬。

但是,灵香毕竟是机灵的人,她马上用右手拢了一下头发,满脸笑容地走到阿婆面前,亲亲热热地说:"妈,您的存折掉在地上了,快放放好。"

灵香眼看荷花拎起包袱,搀着阿婆就要出门,马上一把拉住阿婆手臂,细声细气地说:"妈,都怨我年纪轻,耳朵皮软,听人家的话,过去没有好好服侍您,我向您认错。我跟老三商量过了,从今天起,我们就一起过,再也不要轮流供饭了。以后您想吃什么尽管对我说。妈,今天妹妹家您就别去了,等病好了后叫老三用独轮车送您去。"

听了三媳妇的一番话,张家阿婆的心软了。荷花也觉得嫂嫂确实有点变了,就关照几句独自回去了。

老大、老二歇工回来,看到老三夫妻两人在给娘搬家,心里倒蛮奇怪,后来一问,才知道老三准备单独供养娘。开始兄弟俩暗暗高兴,但转念一想,不对,平时连半分钱都要争得青筋暴起的灵香,今天竟然这样慷慨,这里头必定有文章。他俩各自交代老婆到老三家里多串串,大小事情多留神。

张家阿婆搬到小儿子家后,三媳妇待她确实不错。别的不说,单说吃吧,两干一稀加点心,初一、月半有荤腥,豆腐鸡蛋平常菜,月月外加一袋麦乳精。老太婆乐得嘴巴像木鱼,逢人就夸奖小媳妇贤惠,小儿子孝顺。

再说灵香,这样花钱虽然像割她身上的肉一样心痛,但一想到这张存折,光利息就够她开支时,也就不在乎了。特别是不到半年时间,得了个"孝顺媳妇"的美名,更使她满意。

谁知张家阿婆享不了这清福,搬到小儿子家不到十个月,就一病不起。

一天中午她觉得不行了,便把老三夫妻俩叫到床前,把一样东西塞给三媳妇。谁知让大媳妇看见了,她跑上去一把捏住三媳妇的手,掰开一看是个存折,便大声喊老大。老大、老二闻声赶来,顿时在娘的床前吵得不可开交,连娘一气之下咽了气都没发觉。

后来三方商定:待办完丧事后,再分这笔存款,现在存折先让三媳妇保管。

办完丧事的这天晚上,三兄弟和三妯娌又眼睛对眼睛、鼻头对鼻头地坐在电灯下,商量分这笔存款。

经过半夜的争吵和讨价还价,总算达成了协议:一千元给老三作十个月供娘的报酬,剩下七千元三兄弟平分;天亮后,由三妯娌一起到银行取款。

第二天天刚亮,三妯娌每人手里拿着一只装钞票的黑拎包,路上虽然谁也没有说话,可是各人心里的那把小算盘,却都打得"噼啪"响,都在盘算着这笔钱的用场。

有道是人逢喜事脚头爽,三妯娌不觉来到银行大门口。

三媳妇小心地从贴身衣袋里摸出存折,走到柜台前,把存折递了进去:"同志,拿八千元钱。"

办事员接过存折一看,禁不住哈哈大笑起来,弄得三妯娌你看我、我看你,丈二和尚摸不着头脑。

办事员看她们不解地站在那里发愣,便忍住笑,向她们解释说:"你们哪里弄来这张过时皇历呀? 这是 1954 年货币改革前的一张旧存折,当时的八千元只等于今天的八角钱。"三妯娌一听,个个目瞪口呆,差点儿跌倒在柜台前。

(盛伯勋　毛焕祥　朱澄龙)

同 床 异 梦

夫妻同床睡，人心隔肚皮。夫妻并非永远拥有温馨，倒常常会惹出令人可怕的是是非非。

情人邮票

　　苏子是个善良而痴情的女子,她和费庠结婚两年了,很爱自己的丈夫,可她至今仍瞒着丈夫收藏了旧日恋人延滨的几十封情书。随着时间的推移,她陆续把这些情书处理了,最后只剩下两封:一封是 1969 年 2 月 13 日的,这是和延滨相恋的第一封;一封是 5 年后同月份的 27 日,是两人结束恋爱的最后一封。

　　苏子的丈夫费庠是个研究生,如今在一家研究所里工作。费庠很爱妻子,但由此对妻子产生了一种自私、褊狭的爱欲,他甚至不愿见到妻子和她的亲哥哥说笑。

　　今晚费庠到上海出差,苏子独个在家感到无聊,就又拿出了那两封情书。谁知就在这时,费庠又突然返回家中。苏子听到门响,惊得赶紧把装情书的牛皮纸信封塞到桌上一只蓝色的尼龙挎包里。

费庠进门对苏子说:"他们说今年南方很冷,我回来拿件毛衣。"说着,他去亲了亲坐在床边的妻子,然后拿了毛衣,顺手把它塞进桌子上的那只蓝色尼龙挎包,出门走了。

苏子吓坏了,她追出去又返回来,人像没头苍蝇在屋里乱转。过了一会,她提了一网兜水果直奔车站,可是到了车站,火车已像一条巨龙飞驰而去。

苏子像丢了魂似的回到家里直哭泣,一连两天没去上班。她无法向任何人诉说,她呆呆地想着:当费庠惊愕地展开那发黄的信纸,他那张长脸准会由黄变青,由青变白,愤怒得眼珠凸出,嘴唇发抖……苏子越想越不安,越想越紧张。她暗暗祈祷,希望费庠没有打开挎包,没有发现那两封信。可是她知道,这个希望几乎是不可能的。

打这以后,苏子是惶惶不可终日,越是临近丈夫快回来的日子,她越是像等待审判日子来到一样忐忑不安。最后,她强迫自己平静下来,开始打量房里的陈设。他俩没有孩子,也没有什么积蓄,她准备把所有家具留给费庠。苏子一想到自己可能要离开这个家,她的腿软了,眼泪"簌簌"而下。

星期三下午,苏子下班回家,见丈夫回来了,家里坐了四五个研究所的同事,正在说说笑笑,十分热闹。

苏子怯生生地招呼了一声:"回来了?"费庠满面笑容地向她点点头。

苏子忙钻进厨房去烧水,透过门缝,看见那只蓝色的挎包放在高低柜上,苏子的心"怦怦"跳了起来。

水开了,苏子趁上茶的时候,装作收拾东西,悄悄打开挎包拉链,只见牛皮纸信封完好地放在那里,恰如刚装进去时一样,夹层里也没别的东西。她一块石头落了地,迅速地取出牛皮纸信封,藏进了自己的衣袋里……

过了两个小时，同事们纷纷离去，夫妇俩送走最后一个客人，一起返回屋内。费庠忽然沉下脸挡住苏子，问："延滨是谁？"

苏子怔住了，顿时脸涨得通红，趴在床上"呜呜"地哭了。

费庠一声不吭地坐下来吃饭，吃完饭，仍一声不响地喝茶、抽烟。过了一会儿，他终于开口说话了："这两封信幸亏落在我的手里，否则，你就是一个真正的小傻瓜，是不是？"他说着，在房间里踱起步来，边踱边又说了起来……

他说，在 1968 年，为了纪念当时全国 29 个省市自治区全部成立了"革命委员会"，邮电部在 11 月 25 日发行了一枚叫做"全国山河一片红"的邮票，面值 8 分，邮票上的图案是工农兵游行队伍和国家地图，游行队伍挥舞《毛主席语录》高呼口号，29 面"革命委员会"的红旗组成海洋，地图上面一片红，唯有台湾地区涂成白色。标题是"全国山河一片红"，那台湾地区呢？这显然是个政治错误。因此，决定这套邮票立即取消发行，所有印好的邮票全部收回。

费庠说到这里，语调变得温和而略带激昂："但发现这错误太晚了，有大约几百枚邮票已经提前出售，有人买到了它，当然，其中就包括你那位相好。现在已经过了 20 年，谁会把 20 年前的信保存下来呢？我想除了极其偶然的原因外，就是情书——一个天下少有的痴情女子，结婚以后还舍不得丢弃它们，这该需要有多大的勇气！"

苏子听得脸色苍白如纸，而费庠却视而不见，依然兴致勃勃地说："几年前，我就听说这枚邮票价值一千块出头。可现在，我们一下子得到两张。哈哈，这真是喜剧。自然，也是悲剧。事情总是因祸得福。无论如何，我，还有你，都付出了代价。感情也是有价值的，感情还意味着牺牲，牺牲也是有价值的。我们彼此还相爱——这就够了。"

费庠迅速地瞥了妻子一眼，更加兴奋地说："这次我把它拿到上海的邮票市场上亮了一下,围上来的人差点把我撕了。你晓得目前行情多少?"他伸出三只手指,"是三千!嘿嘿,我可不是大傻瓜!三千元人民币是骗不了我的。我已打听过了,现在在国际市场,这张邮票的价码在一万美元以上!我已给在加拿大的同学去信了,请他帮我们联系工作,先是我,而后是你。我请同学帮我们把它在国外出售,然后存入银行,用我的户头。哈哈,到那时,可以凭我的本事干,我们的命运就彻底改变了!"说到这儿,他激动得目光炯炯,脸颊泛红。

谁知一直呆呆在听丈夫说话的苏子,突然"啊"的一声绝望地哀叫起来,顿时昏了过去。

费庠用力把她摇醒,问道:"你怎么啦?"

苏子双眼紧闭,泪如涌泉地说:"我刚才把信烧掉了……"

"什么——"费庠顿时脑袋好似遭到雷劈一样,嘴唇颤抖,嘴角流出了白沫……

(胡 萍)

狼狗「站岗」

临河镇上有个李大发，这几年可真发了。去年八月，他衣冠楚楚回到家里，先拆了旧房盖起一栋两层小楼，又娶了个小他十岁的美人王月娥为妻，接着还花上千元钱买回一条狼狗，为他看家护院。

度过蜜月，他留下娇妻又外出做生意去了，说是十天半月一定回来，谁知一晃一月有余也不见人影，这使王月娥深感寂寞难耐。

一天，王月娥上街闲逛，碰到了初中同学陈辉。他们两人在学生时代就形影不离，只因陈辉家境贫穷，终未结成良缘。如今这对老相好相遇，自然格外亲热。

在王月娥的邀请下，陈辉上门作客。他见月娥家是独门小院,环境清静,又得知李大发远出在外,十分高兴,两人无拘无束地谈谈笑笑,自然旧情复苏,一阵眉来眼去之后,就进了房,又上了床。

这本来是件天知地知的事,偏偏那条狼狗多管闲事,它看在眼里,恨在心里,又无法冲进房里去捉,急得坐立不安,只得躺在房门口守候。

半夜光景,陈辉光着脊梁从房间里出来,去卫生间方便。

狼狗一见,好不恼火:哪里来的野男人,竟敢在这里睡觉?我饶不了你!它一骨碌从地上爬起来,抖了抖身子,上去堵住了卫生间的门。

陈辉方便完后,转身一看,只见卫生间门外站着只大狼狗,虎视眈眈地望着他,并且挡住了通道。

陈辉骂道:"你看着我干啥,不认识我是吗?滚开,畜生!"

大狼狗朝他龇了龇牙,扑了上来。

人狗博斗惊动了房中的王月娥,跑出来一看,见情夫躺在地上,好不心疼。

她上去就在狼狗屁股上猛踢一脚,嘴里骂道:"畜生,你想干什么?给我滚出去!"

可是狼狗仍不让步,上去照准陈辉的大腿猛咬一口,疼得陈辉直叫妈。

王月娥心如刀绞,顺手操起根棍子朝狼狗打去。

哪知这条狼狗很怪,它既不让步,也不反抗,又不顺从,女主人打它一下,它就朝陈辉身上咬一口,而且一口比一口狠。

王月娥一见这情景,知道这条狗不好对付,这样打下去,狗倒打不死,反而把陈辉给咬死了。

她立即丢下棍子,回到房间里,取出三十多片利眠宁,心想,用这些安眠药喂狗,等它睡着,问题就解决了。

她跑进厨房,将药片捻碎,拌进饭里,又捏成饭团子,拿来喂狗。

可是大狼狗只是闻了闻,连舌头都没伸一伸,就别转了脑袋。

王月娥见它不肯上当,又去捏了个没放药的饭团子,放到狼狗面前。

狼狗闻了闻以后,果然咬起饭团子到一边吃了起来。

王月娥叫陈辉快起来回房。

陈辉知道,再不走就没有机会了,便顾不得伤痛,一跃而起。可是还没等他站稳,狼狗又冲过来,朝他腿上咬一口,咬得他急忙躺下装死。

就这样,从半夜闹到天亮,又从早上僵持到下午,丝毫看不出狗有半点妥协的苗头,看来狼狗已经铁了心,哪怕饿死也要坚守"岗位",不让陈辉出卫生间一步了。

这一来,可急坏了王月娥,办法用尽也无法将狼狗支开一步,而这事又不能请人帮忙。

怎么办呢?

屋漏偏逢连夜雨。就在王月娥急得团团转的时候,她丈夫回家了。

李大发一见卫生间里躺着个只穿一条短裤的陌生男人,狼狗立在门口虎视眈眈地盯着,他跑进房间里一看,又发现了那男人的衣裤,一切全明白了。

他哪里受得了这样的气!不由分说,劈了老婆三个巴掌,然后冲进卫生间,拎起陈辉就打,直到王月娥跪在他面前苦苦哀求才住手。

这事怎么处理呢?

李大发想了很久,觉得家丑不可外扬,于是对陈辉说:"你看这事怎么办?是公了,还是私了?"

陈辉问:"公了怎样,私了又怎样?"

"公了上法院,我告你私闯民宅,强奸妇女;私了么,你得赔我感情损失费五千元。"

陈辉听罢笑笑说:"要钱没有,上法院我奉陪!我告你老婆勾引我,把我拉回家里,放狗咬我,你又打我,你们得负扣医药费和精神损失费一万元。"他说完,穿上衣服一瘸一拐地走了。

事情就这样不了了之,李大发落了个哑巴吃黄连,有苦说不出。

但不知怎么地,还是泄露了秘密,一传十,十传百,传得沸沸扬扬,因此,他们那只大狼狗也就出了名。

当然,陈辉也不敢再进李家的门了。

(代国强)

夫妻开店

广厦街有个老住户,姓苟,可大伙都叫惯他狗娃,原是一家工厂的门卫。近年来,操南方口音的人纷纷租广厦街门面房子开饭馆,开发廊,开照相馆,开杂货铺,天天张开口袋捞钞票,狗娃的眼珠子红得快要出血,于是和家人商量辞职当个体户。

媳妇王桂花第一个举双手赞成,说:"这年头,苦了挣死工资的人!"

娘摇头不赞成,说:"靠国家工资过生活安稳,做买卖冒风险。"

媳妇"嗤"地一声笑,说:"我们年轻人就喜欢经风雨、见世面!"

娘说不过他们,只好由他们去干。

狗娃说:"我见街南口的寿衣店挺挣钱!"

王桂花说:"好,咱们就开它个寿衣店!"

当下申请了营业执照,门口挂出个大花圈,上书:苟记寿衣店。

寿衣店这一行专和死人打交道,没有正常的营业时间,有时半夜三更也得起来卖寿衣、花圈、纸钱。

娘胆小,就怕半夜三更惊动,为此整天叹息:"唉,卖什么不好,非要干这营生呢? 怪吓人的。"

有一天,小夫妻俩外出办事,家里只留下娘一人守门。白天还好,太阳落山后,老人心里不由直念"阿弥陀佛":今夜可不要有人来敲门。

偏偏到三更末、四更初,"咚咚咚"一阵敲门声,娘只好颤巍巍地下床开门。

谁知门刚打开,从外面风风火火闯进一男一女。男的头戴孝帽,孝帽足有半尺高;女的腰扎白腰带,披头散发,满脸泪痕,哭声凄凄。

他俩开口问寿衣多少钱一件,老人报出价格,那男的伸出一只大手,把钱直递到老人眼前。

老人本来心中发慌,此刻老眼昏花,恍恍惚惚把那只手看成是无常鬼的铁钩子,吓得"哎呀"一声,昏死过去。

狗娃是孝子,寿衣店的营生是不能再干了,否则把娘惊吓出病来可不得了。

小夫妻俩私下商量,王桂花说:"我见街北口的酒馆挺挣钱的。"

狗娃立即拍板:"好,咱们就开它个酒馆!"

夫妇俩交回老执照,申请下新执照,门口挑出一面杏黄旗,上写:太白遗风。

卖酒和酒徒打交道,二两"猫尿"下肚,什么德性的人都有。

有一天,来了两个年轻人,开口要两瓶"老龙潭"、两斤猪头肉、四只松花蛋、半斤花生米,外带一盒本地名烟"山海关"。

生意上门,桂花忙着上酒上菜。

这两人起初低声说话,说着说着,声音逐渐高了起来。

桂花顺耳朵听去,原来是为了一桩生意。

两个年轻人海量,一个喝成红脸,一个喝成白脸。

红脸说:"兄弟,我出的力还少么?"

白脸说:"我也对得起你了!"

红脸提起酒瓶子"咕嘟咕嘟"灌了两口,抹抹嘴道:"我算是看透你了!"

白脸"啪"地一扔筷子,说:"你看透我又怎么样?"

红脸伸出蒲扇般的大手要打白脸,白脸手疾眼快,扭身抡起了板凳……

众吃客见他俩动了武,纷纷退出店堂。

桂花吓得脸色煞白,尖叫道:"别打了!"

可谁还听她的? 这一场好打哎,两人打成血花脸,互相撕扯着进派出所;酒馆被砸了个稀巴烂;桂花也吓出病,住进了医院。

狗娃一筹莫展。

娘出主意道:"我见路东新开的照相馆挺挣钱。"

狗娃夫妇听了眉开眼笑:姜还是老的辣,主意还是娘的好,开照相馆既文明又体面。

于是,桂花出院后,夫妇俩交回老执照,申请下新执照,挂出大彩照,取名"桂花照相馆"。

有一天,来了一个风度翩翩的美男子,在店里拍了许多张彩照,兴致仍是不减。那美男子很健谈,借着拍照的机会和桂花聊了起来。

原来他是晋风大酒家的张老板,只因为半年前张老板的爱妻病逝,他心中十分悲痛,碰巧今天有事从广厦街经过,看见桂花照相馆门口桂花的那张大彩照,竟和亡妻容貌相似,勾起他无限情思,便身不由己踱进店堂。

见了桂花本人,张老板发觉她不仅长相与爱妻相似,连举手投足都一模一样。

桂花听了,客气地说:"张老板客气话,我哪能和您夫人相比?"

张老板怕她不信,立刻取出一个皮夹子,从皮夹子中抽出一张相片。

桂花一看,这个女人眉眉眼眼真和自己一模一样。

张老板收回照片,说:"我想认你做小妹,你看咋样?"

桂花忙摆手说:"哟,我可不敢高攀张大哥。"

"什么高攀不高攀的。"张老板说着,又取出一枚金戒指,"这是你姐姐的遗物,请你代我保管。"

桂花一再推托。

张老板沉下脸说:"既是小妹,就不要见外啰。"

桂花推辞不过,只好勉强收下了。

张老板趁机捏了一下她的手,约她明天下午三点在公园门口相见。

桂花不好当面回绝,就答应了下来。

有第一次就有第二次,这些日子来,张老板常常往照相馆跑,桂花的神色也有点不同寻常。

狗娃心里不明白,只以为是张老板看得起自己。

可娘也是打年轻时节过来的,桂花的样子逃脱不了娘的眼睛,娘警告儿子:"你小子别光顾赚钱赚钱,照我看,你媳妇要变心了。"

老娘猜得不错,原来,那个张老板早已看上了桂花,事先偷拍下桂花的照片,所谓亡妻容貌和桂花容貌相似,全是他一手做下的圈套。

等到狗娃明白过来是怎么一回事,桂花早已和张老板既成事实。

狗娃心中这个窝囊就别提了,那会没钱时家中倒还太平,现在有钱了反而不太平,连老婆都跟别人跑了。一怒之下,狗娃关了照相馆,又回厂里当门卫去了。

（侯　旺）

外遇风波

　　出租汽车司机马卫东，这几天高兴得不得了。原来妻子牛永红到南方进服装，要一星期才能回来，儿子送到姥姥家也不用操心，现在正送几个外宾去宾馆，一笔外汇又能捞到手。想到这，他不由自主地吹起口哨，汽车又快又稳地行驶在宽敞的林阴道上。

　　正在这时，马卫东腰里的 BP 机响了。他掏出来一看，乐了：是吕艳芳在呼他。

　　吕艳芳和他妻子牛永红原是同学兼好友，整天描眉画眼不务正业，由于常找牛永红买衣服，与马卫东接触多了，一个贪财，一个好色，两个人就勾搭上了，昨天他们还一起在游乐场玩了一天。晚上吕艳芳对丈夫撒个谎，干脆就住到了马家。所有这一切,牛永红都蒙在鼓里。

马卫东边开车边想:这一早,她又想干什么呀?所以一到宾馆送完客人,马卫东马上就回了电话。

"卫东,大事不好了!"电话那头传来吕艳芳焦急的声音。

"怎么,你又有了?"马卫东还想开她的玩笑,上次就这样被她骗去了好几百块钱"做手术"。

"放屁,老娘和你说正经事!"那边火了。

马卫东忍住笑,问:"啥事还这么正经?"

"你还记得昨天咱们在游乐场坐摩天轮的事不?"

"记得。"马卫东有点纳闷了,"我不是还往你嘴里塞了只香蕉吗?"

"对呀,就是那时候,让记者给录了像,上电视新闻了!"

"那记者录咱干吗?咱又不是大腕明星。"

"哎呀,那摩天轮不是游乐场新设的吗?"

"对呀,咱不就是想尝尝鲜吗?"马卫东这回更糊涂了。

"笨死了!记者是为了报道游乐场新设的摩天轮,镜头正巧对着咱俩十多秒钟呀!我今天上午看电视新闻看见的。"

"真的?"马卫东也意识到事态的严重性,要是让亲戚朋友看见了还了得?所以他马上道,"你在家等着,我立刻就到。"

马卫东和吕艳芳两人,连埋怨带商量了一下午,也没弄出个子丑寅卯。总不能不让电视台播这条新闻吧?

最后马卫东说:"管他,别人看见就看见,只要我老婆不看见就行!她过几天才能回来,到时候新闻成旧闻不播了,就说那是别人看花了眼,她找谁对证?"

话虽这么说,但两人已没了心情,马卫东就告辞回家了。

马卫东闷闷不乐地回到家,掏钥匙打开门时吓了他一哆嗦:牛永红正躺在沙发上看电视呢!

"你?你怎么这么快就回来了?"马卫东觉得舌头短了半截

似的。

牛永红挺兴奋地站起来说:"这笔生意太顺利了,我也没想到能这么快就回来。怎么,不高兴?是不是外头有女人了,嫌我回来碍事?"

"不碍,不碍,不,不,不敢,不敢。"马卫东心里发虚,语无伦次。

他心里明白,牛永红这只母老虎不是好惹的,要是让她知道他们这一档子事,还不把他撕了?

牛永红佯骂道:"量你有贼心也没贼胆!今晚就咱俩吃饭,吃完可以轻轻松松看电视了。"

马卫东的心一下子又提了起来。

马卫东心事重重地吃完饭,刚收拾完桌子,牛永红要去开电视。

马卫东用身体挡住电视,搂住她的肩膀温存地说:"咱们去看电影,好吗?"

"改天吧。"牛永红拨开他的手,打开电视,"我很累,看会电视就休息。"

马卫东偷眼看了看表,快到本地新闻时间了,这可怎么办呀?

他灵机一动,拿出盘录像带来:"看带子吧,带色的,一百多块钱呢!"

牛永红骂道:"去你的。我走了这几天,看看新闻就行了。"

听到"新闻"两字,马卫东不禁一哆嗦:"新闻有什么看头,换个台吧。"

"今天又没球赛,就看新闻。"

这时,新闻已开播了。

马卫东心如火燎,软的不行来硬的,他"啪嗒"把电视机关了。

牛永红"腾"的从沙发上跳起来,指着马卫东问:"你吃错药了? 我走了这几天,回到家连看电视的权利都没有啦?"

马卫东道:"就今天不能看。"

"为啥不能看?"

马卫东气急败坏地说:"我就不让你看!"

"不让? 我偏看!"牛永红也不是省油的灯,两人在电视机前推搡起来。

女的怎能赶上男的劲大,牛永红见拗不过他,一气之下,跑到对门邻居家看去了。

这下可急坏马卫东了,他在屋里团团乱转。

这时,隔壁传来电视播音员的声音:"据本台记者报道,我市游乐场又添新设施……"

没得命了,马卫东急了,几步蹿到楼道单元电闸处,不管三七二十一,拉下了电闸,整个单元一片黑暗。马卫东长舒一口气,顺着墙角溜了下去。

等到有人发现,骂骂咧咧再合上电闸时,新闻早已播送完了。

牛永红明白这一切都是马卫东捣的鬼。为什么不让她看新闻呢? 牛永红百思不得其解,她气冲冲回到屋倒头便睡,对呆在一旁的马卫东理也不理。马卫东心里暗暗庆幸,这一天总算是过来了。

第二天一早,牛永红爬起来没吃饭就走了。马卫东心想,中午自己早点回家做好饭,等她气消了,道个歉就没事了,所以也就没放在心上。

不料马卫东回家时,牛永红已"恭候"多时了。

牛永红见他回来,说道:"好你个马卫东,你真有本事啊! 你以为不让我看新闻,我就不知道了? 我到电视台找了熟人,看的比播放的新闻还多。我在外面累死累活挣钱,你倒享开福了!

你们两个合伙戏弄我,我决饶不了你们! 马卫东,我实话和你说了吧,要不是看在孩子的分上,我早就和你拜拜了。现在正好,咱们大路朝天,各走一边,等会儿法院见!"说完,牛永红狠狠地摔上门,走了。

"唉!"马卫东长叹一声,双手抱着头蹲在地上。

早知今日,何必当初呢?

(李 钢)

天 灾 人 祸

九十九日南风，还有一日西风。
谁家门口没有一块滑石子？有的人看
石子，有的人踩石子，有的人避石子，
有的人搬石子……

阴差阳错

　　有一对小夫妻,女的性子急躁,遇事常爱发火,男的脾气温和,家里一有矛盾,他总让着妻子。因此,这个家庭倒也美满和睦。

　　这一天,妻子去外地出差,讲好五天回来,结果事情办得顺利,第三天下午就回来了。

　　妻子兴冲冲打开房门,放下行李,正想洗把脸,忽然从卧室里传来轻微的脚步声。"呀,丈夫在家!"这突如其来的发现,把妻子兴奋得心跳气喘,满脸绯红,她要紧对着镜子拢拢头发,便像小鸟一样扑向卧室。

　　就在妻子推门的一刹那,卧室里传出一个娇滴滴的声音:"你回来了?""嘎——"门自动开了,出现在妻子眼前的不是她的丈夫,而是一个妖艳的姑娘!

只见这姑娘,柳眉小嘴瓜子脸,一对含情脉脉的丹凤眼,一头"乳燕双飞"的鬈发,一身天蓝色的连衫裙,肩上还背了只奶油色的腰包,浑身散发着令人陶醉的法国香水味。

此刻,姑娘红着脸,双手在拨弄着腰包上的背带,一副尴尬相,吞吞吐吐地说:"他,他……"

妻子见了,马上想到前些日子,曾听外面风传,说有位姑娘正在追求自己的丈夫,当时还不相信,毕竟这么些年来没发现丈夫有什么越轨的举动,想不到"会捉老鼠的猫不叫",今天丈夫竟背着自己和她幽会。

妻子怒不可遏地骂道:"不要脸!"说着一用劲,把姑娘推了个四脚朝天,闯进卧室一看,没有丈夫的影子,但床上被子乱七八糟地摊着,显得特别刺眼。

她尖叫一声:"那死鬼呢?"

那姑娘见对方气势汹汹的样子,吓得浑身颤抖,赶紧怯生生地说:"他、他还没回来,他,他说让我在这等,等……"

妻子一听这话,眼前仿佛看到丈夫和姑娘在床上寻欢作乐的丑态,一时间只觉得万箭穿心,火冒八丈地怒吼道:"滚,你这贱货、烂货!下次再让我看见,非撕烂你的脸不可!"

那惊慌失措的姑娘一听叫她"滚",如同听到了大赦令,连忙从地上爬起,一溜烟地逃了出去。

妻子坐在沙发上越想越气,越想越伤心,想到自己对丈夫一片真心,总以为丈夫也会同样真心爱着自己,想不到,这个负心汉假正经,竟敢背着自己和其他女人偷偷地胡搞!不行,决不能饶过他!妻子越想越气恼,一下子从沙发上跃起,"噔噔噔"回娘家搬救兵去了。

回到家里,妻子把几个弟兄叫来,如此长、如此短这么一讲,几个弟兄一听,顿时摩拳擦掌:"姐,你说怎么办?"

"怎么办？跟我走,好好教训他一顿!"

妻子带着几个弟兄杀了回来。

丈夫刚刚下班,他前脚刚迈进大门,脸上就挨了两巴掌,还没弄清楚是怎么回事,弟兄几个拥了上来,一阵拳打脚踢,直打得他鼻青眼肿,像杀猪似的叫喊。

妻子站在一旁,一手叉着腰,一手指着丈夫的鼻子问:"下次还敢不敢勾引姑娘了?"

"我没勾引姑娘,这、这是怎么回事呀?"

"还装糊涂?还不老实?替我打!"于是几个弟兄又大打出手,丈夫被打得晕头转向,嘴里一个劲地喊"冤枉"。

妻子见丈夫如此顽固不化,一股怒火蹿上胸口,她再也顾不得多想,哭着说道:"咱们离婚!"说完就去五斗橱里拿"结婚证"。

谁想到一拉抽屉,"嗖"背脊梁升起了一股寒流,她又要紧去拉大衣橱,这一拉,便发疯似的奔到丈夫面前:"抽屉里的金项链呢?金戒指呢?存折呢?说,你说!"

丈夫怒不可遏地说:"家里的钥匙不是全在你这里!"

这下,妻子似乎明白了什么,捶胸顿足地喊着:"妈哟,这可怎么办?那姑娘是个小偷呀!"

这一百八十度的大转弯,顿时把在场的人弄得面面相觑。丈夫睁开眼一看,可不是么,五斗橱、大衣橱的铜锁都被撬坏了,里面的金项链、金戒指、存折全被偷走了,气得他一边擦着脸上的血迹,一边跺着脚说:"你要离婚就离吧!"说着,一把拉着妻子说:"走,上法院。"

（章戈奇）

不是阴谋

　　曾局长带着夫人在老领导家中谈得很晚才回家,走近家门,曾局长就觉得有些不对劲,他记得和夫人出门时,是他亲手把门关上的,此刻门却是虚掩着。难道是儿子回来了吗? 可儿子吃晚饭时就说,晚上和同学温习功课,睡在同学家里……

　　曾局长机械地推开家门,不觉轻声"啊"了一声:只见室内一片狼藉。曾局长迅即掩上门,催促夫人道:"快看看家中丢了什么!"

　　正在此时,"笃笃"传来一阵敲门声。

　　曾局长不敢随意开门,从"猫眼"中细一打量,见是公安局刑侦科长罗平和几个公安干警。他打开门,惊奇地问:"你们怎么来了?"

罗平气喘吁吁地说:"听说曾局长家中被盗,我能不来吗?"

"你怎么知道的?"

"不是你让人打电话要我来的吗?"

"我?"

罗平关心地问道:"曾局长,现场有没有被破坏?"

"没有。我们进屋就关上了门,目的就是要保护好现场。"

"那就好!"罗平说完,就与其他干警开始拍照,勘察现场。

曾局长夫妇木偶般的坐在一旁,等待结果。

罗平走近曾局长,边脱手套边说:"案犯很狡猾,几乎没留下什么痕迹。曾局长,你家里的这起被盗案,我们感到十分蹊跷。"

曾局长不解地问:"怎么蹊跷?"

"你看,屋里一片狼藉,好像是冲着什么来的,可衣柜和皮箱的锁却都未被撬,一般来说,家中的贵重物品是放在这里面的。此外,大门锁完好无损,门窗关闭得严丝合缝,案犯是从哪里进来的呢?看来他可能配有你们家的钥匙。但作案动机是什么呢?"

曾局长支吾了一句,却没有起身。

罗平似乎想到了什么,忙客气地说:"曾局长。还是你们自己先清点一下,我们明天再来!"说完,就带着干警告辞回去了。

曾夫人似乎还未从惊吓中清醒,傻坐着连招呼也不愿与人打。曾局长忙推了推夫人,说:"你快清点一下,看看到底丢了一些什么东西!"

夫人慌忙起身,走进里屋,察看了几个重点,见贵重物品一一都在,忙轻声嘘了口气,说:"大的问题倒没有。"

曾局长似乎还不放心,又说:"你仔细想想,是不是还有什么贵重物品丢失呢?"

他夫人想了想,说:"大概没有吧?"

"不能大概,而要肯定。"

"你要我怎么肯定呢?"

"你又不是不知道,许多人都在告我的状,说我在基建项目上收受大量贿赂。此事还未了结,又出现被盗之事,不知情的人还不知道我们家有多少金银财宝让人偷了!"

"这怎么办?"

"我看这不是一起简单的被盗案,这里面一定有什么人在耍阴谋!"

第二天清晨,曾局长被骤然而起的电话铃声惊醒,忙拿起话筒问:"你是谁?"

"曾局长,是我,罗平。"

"罗科长,有什么事?"

"告诉你一个消息,小偷昨晚已被我们晚间巡逻队抓住了。"罗平十分平静地说。

"这么快就抓住了?"

"我们巡逻队员发现此人神色十分慌乱,连忙追上去询问,没几个回合,他就交代了偷盗经过。"

曾局长追问道:"他都偷了一些什么?"

"还是你亲自来公安局认领吧!"罗平说完,便撂下了话筒。

曾局长迟疑地放下话筒,傻傻地坐着,他难以猜测到小偷到底盗走了家中的什么贵重物品。

夫人起床漱洗完毕,刚要和曾局长一同前去公安局,不料"丁零零"电话铃又响了。

曾局长拿起话筒,听出了是老领导打来的。

"是小曾吗? 听说你家中被盗了?"

曾局长十分意外,问:"您怎么知道的?"

"很多人都知道了。听说那小偷已经被抓住了,从他身上搜出很多现金、金银首饰。"老领导虽然语调平淡,但明显地流露出愤慨。

"这……"

"你知不知道，现在全国正在掀起反腐败的高潮？我对你的行为表示遗憾！"

"我……"

"你家中被盗之事已经引起轰动，我希望你明白下一步应该怎样做。"

"我该怎样做？"曾局长头上已经冒出冷汗。

"到纪检会去说清楚！要争取主动。到了我该说话的时候，我会说话的。明白了吧？"

"我……我明白了。"曾局长眼角有了泪珠。

曾夫人欲哭无泪，怔怔地看着丈夫，不知应该说点什么。

曾局长思忖良久，终于还是走进了纪检会的大门。他将应该交代的事情交代结束后，悻悻地回家。

大门虚掩着，曾局长无力地抬起右手，缓缓地推开门，不料家中的情景又使他大吃一惊。只见罗平正恼怒地站在客厅中央，指手画脚在骂些什么；地上跪着五个小孩，其中有曾局长的儿子曾霄，罗平的儿子罗利。

曾局长完全糊涂了，问："这……这是怎么回事？"

罗平说："有两个事情要向你解释。第一，昨晚我们抓到的小偷，经审问，他所盗的钱财不是你家的，而是你们对面那幢楼贾局长家的。第二，在你们家里作案的小偷也已经抓到，就是他们几个！"罗平说着，用手指了指地上跪着的几个小孩。

"怎么，是他们？"曾局长像被电击一样，呆住了。

曾霄连忙申辩："爸，我们一分钱也没偷！"

罗利也接着说："我们是闹着玩的。"

"你们……闹着玩？"

罗利说："是闹着玩。平时我说我爸破案最厉害，曾霄总不服气，所以我们就开始打赌。曾霄就把我们带到这里，制造一个被盗现场,然后就打电话要我爸爸到这里来……"

曾霄在一旁补充道:"我们商量好了,如果他爸爸能破这个案,我就输十块钱给他;如果他爸爸破不了这个案,他就输十块钱给我。"

曾局长气得两颊血红,指着地上几个孩子说:"你们……你们……害了我啊!"

罗平对曾局长说:"你都明白了吧?"

曾局长白了罗平一眼,说:"你怎么不早点带他们来?"

罗平答道:"现在也不算晚嘛!"

(刘国祥)

"死"走后门

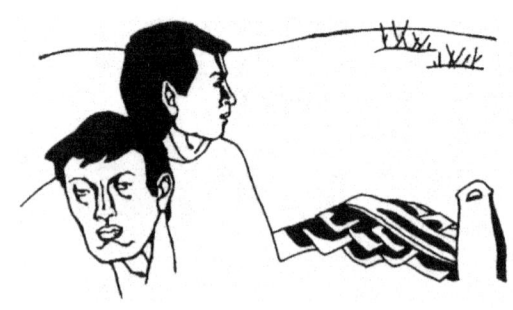

时下流行两句话,叫做:有钱不如有权;前门不如后门儿。走后门儿确实有好处,办啥事儿都利索,有时利索得叫你目瞪口呆。

话说南阳城南关幸福胡同,有两家斜对门儿邻居。巷北门朝南的这家姓甄,当家的叫甄能,因为女儿嫁给了城关镇长,从此甄能说话气粗,办事顺当,成了能耐人,所以人送外号"真能耐";巷南门朝北开的这家姓郭,当家的叫郭石,是个天生老实人,办事不会说话,送礼没有庙门,啥事儿都办不成,很被人瞧不起,人们都叫他"过窝囊"。

这年冬天,天气格外冷。真能耐有能耐,自然不缺煤烧,他儿子独个儿住的那个屋,也生了个火苗儿一蹿尺把高的大火炉子;过窝囊真窝囊,家里经济紧张买不起煤,天气冷,又心疼独住东屋的儿子挨冻,没办法,只得起早摸黑到垃圾堆里捡人家烧剩的煤渣块儿,晚上让儿子睡前烧了暖暖身子。

没想到这天晚上,也不知怎么那么巧,真能耐的儿子和过窝囊的儿子同时中了煤气,到天明才发现。

真能耐有能耐,一个电话打给女婿镇长,儿子被立即送到医院,医生护士来了一大帮,众人齐动手,想方设法地抢救。

过窝囊没本事,叫天天不理,叫地地不灵,只得坐在院里瞅着儿子掉泪抹眼睛。

啥事儿也是该着,真能耐的儿子虽经医生护士大力抢救,折腾了半天,最后摊摊手,说没有救了。

真能耐一听,心疼得晕了过去。等他苏醒过来,人们七嘴八舌地劝他:这个说心量放宽想开些,那个说人命由天不由人。

末了,孩子他姨劝他说:"人死不能复生,再哭也救不活,孩子是童丧,还是早点想办法打整吧!"

真能耐一听也是,因为当地有个风俗,童年亡故,不算成人,不能设灵堂,而且要不过午下葬才吉利。所以当下真能耐一边让家里给孩子穿衣换帽打整着,一边让女婿镇长去调车。

事情煞是利索,工夫不大,车便到了,女婿镇长又陪着老丈人押着小舅子的灵车直奔县火葬场。

再说过窝囊,哭嚎了半天,认定自己儿子没指望了,为了避忌讳,也让家里人将儿子打整打整,套上毛驴车,拉上儿子的尸体,走一步三抹泪地跟着真能耐的车也朝县火葬场奔去。

过窝囊的毛驴咋能和人家真能耐的汽车相比呢,一眨眼的工夫,人家的车就看不见影了。过窝囊看看天将近中午,怕人家下了班,便将毛驴吆喝到疙里疙瘩难走的小路上,想抄近路。

等他走到火葬场,看见许多排队等着火化尸体的,正急眉怒眼地在骂娘哩。一打听,原来是真能耐没排队,女婿镇长和火葬场的场长只说了句话,马上就火化了。此刻,真能耐已领着女婿镇长和司机到附近的饭馆吃饭去了。

过窝囊见自己头前有那么多人排队,只得抱头一蹲,守着儿子又掉起了眼泪。

过窝囊老实得被人欺负,他那头小毛驴也受别的毛驴欺负。旁边的一头大青驴冷不丁张嘴啃了过窝囊的毛驴一口,疼得小毛驴猛地蹦了老高,把排子车也掀了起来。

过窝囊急了眼,正要上前,说时迟、那时快,随着"叭叽"一声,过窝囊儿子的尸体从排子车上被扔了下来,出奇地叫了声:"哎哟!"

过窝囊听在耳内,猛一愣怔,就听躺在地上的儿子长长地出了一口气,说:"可憋死我了——"

呵!儿子活了!过窝囊心尖子一"扑愣",乐得蹿了个高儿,一步跨到儿子身边,果然见儿子睁开了眼睛。

顿时,过窝囊惊喜欲狂,双手一拍,双脚一跳,扯开嗓子喊道:"老天爷啊,我儿子活了!"

他一边喊,一边兴奋得两条腿不由自主地跑起来,边跑边喊:"我儿子活了!我儿子活了!"

过窝囊边跑边喊出了火葬场,经过旁边的饭馆,正在里边张罗着让众人吃饭的真能耐听见了,心头猛地一跳,搁下饭碗迎了出来,一把抓住过窝囊的手:"你……你说什么?"

此刻的过窝囊正有满肚子的话找不着人说,一见真能耐问他,赶紧连比划带唱地回答:"嘿嘿,呵呵,我儿子活了!我儿子活了!"

真能耐哪敢相信自己的耳朵,一连问了三遍,扭头又奔进了火葬场。只见过窝囊的儿子正瞪着一双大眼,好端端地坐在地上呢。

看到这情景,真能耐只觉头一晕,眼发黑,一股恶气冲过丹田,没过心坎,直奔头顶。

他气迷心窍般的双脚一跳,一头扑向火化炉,拼命用头撞着炉门,声嘶力竭地哭喊道:"儿子,我的儿子! 呵呵,儿子,这都是走后门儿的好处呵!"

（张少英）

盼来悲剧

槐阳镇有个七十多岁的刘奶奶,一辈子虽说养了五个儿子,可到头来夭折得只剩下一个老儿子,名字叫做刘根子。

刘奶奶盼着儿子长大,盼着儿子娶了媳妇,盼着媳妇能给她生个白白胖胖的小孙子。哪料到儿媳妇竟连着给她生了两个小孙女。这一来,把刘奶奶急得天天求神拜佛、烧香上供,乞求送子娘娘给她送个小孙子。

老天不负苦心人,刘奶奶终于盼到媳妇的肚子又一天天大了起来。刘奶奶看在眼里,心中却是又喜又忧,喜的是又有了盼头;忧的是生怕再生个妮子!

刘奶奶成天心神不定,坐立不安。有一天,镇上来了个串街走巷的老郎中,刘奶奶赶紧请老郎中给媳妇号了脉。

谁知不号倒罢，号了后竟说是个千金。这一下好似给刘奶奶头上浇了一盆冷水，凉得她呆呆地瘫在凳子上，半天喘不过气来。

咋办呢？刘奶奶想来想去，决定让儿子带上媳妇，到几百里以外的西山娘娘庙求送子娘娘给换换胎儿。

刘根子领着媳妇一走好几天，可想坏了四岁的红红和五岁的丽丽两个小姑娘。她俩天天哭闹着要妈妈，闹得刘奶奶拍着胯骨骂道："闹、闹、闹！都是你俩不争气，要是你俩有一个长个小鸡鸡儿，你娘干啥要离家！"

这天傍晚，刘奶奶刚刚服侍两个小孙女儿睡下，儿子终于领着媳妇回来了。

刘奶奶见了他俩，急切地问："你们求了送子娘娘没有？娘娘应没应啊？"

刘根子脸上挂着笑，乐滋滋地说："妈，俺不单求了娘娘，还问了卦，都应啦！"

刘奶奶一听这话，喜得心里像抹了蜜，赶紧跪倒在供奉的观音娘娘像前，"咚咚咚"叩了几个响头。

哪料想第二天天还没见亮，刘根子媳妇突然叫嚷肚子疼，吓得刘根子赶紧叫醒了刘奶奶。

刘奶奶看着媳妇疼得满头大汗直打滚，立刻断定媳妇准是受不住路上劳累，要小产了！于是，她忙叫儿子快去请隔壁的胡婆婆来接生。

不一会，胡婆婆随着刘根子急三火四地赶了来。她一看根子媳妇的样子，就说："这是要添了！"说罢，便拾掇起接生的家伙。

约摸过了做顿饭的工夫，"哇——"地一声啼叫，婴儿落地了，接着就听胡婆婆喜滋滋地喊道："祖宗嗳，这回可有了个带把儿的啦！"

刘根子媳妇听了,眼泪"刷"地一下像断线的珠子滚了出来;蹲在一旁抽闷烟的刘根子一听,"呼"地一蹦三尺高;刘奶奶一听,"扑"跪倒在观音神像前,不停地"咚咚咚"直叩头。

哪料想,就在刘奶奶母子俩喜得晕头转向时,猛听胡婆婆又尖叫一声:"娘啊,坏了,大出血!"

刘家娘俩一听,立时脚下像踩着了长虫,"噌"地蹿了起来,奔到床边。啊呀,只见媳妇双眼紧闭,呼吸微弱,脸色惨白,身子的下部,鲜血还在不停地淌着。

胡婆婆两条胳膊抽筋般的挥舞着:"我只顾照看孩子了,没想到媳妇会闹出这岔子! 快,快送医院吧,晚了大人可就难保命了!"

刘根子赶紧把媳妇抱上排子车,拼命直奔镇卫生院。

刘奶奶晓得大人活不了,孩子也难保,她一横心,一咬牙,将刚出生的婴儿和丽丽、红红两孩子,托付给胡婆婆照料着,自己也紧追慢赶地往镇卫生院奔去。

丽丽和红红不晓得妈妈出了啥事情,连惊带吓,两人抱成一团,"哇哇"哭个不停。

胡婆婆瞧瞧床上褯褓中的婴儿,又看了看两个哭成泪人似的小姑娘,摇摇头,轻轻叹了一口气。她打开褯褓,边给婴儿擦着身上的污血,边劝两个小姑娘不要哭。

五岁的丽丽懂事似的住了哭声,擦着眼泪问:"胡奶奶,俺妈为啥得了病呢?"

胡婆婆"唉"了一声,用手指拨拉着婴儿的小鸡鸡儿,凄怆怆地说:"还能为啥? 为来为去,不都是为了这个小鸡鸡儿嘛!"

胡婆婆说完话,忽然听见厨房里传来炉子上水开的响声,她赶紧将婴儿包好,嘱咐两个小姑娘:"你俩看着弟弟,我去提水壶!"

胡婆婆一走,丽丽和红红瞧着小弟弟,禁不住又抽泣起来。

红红流着眼泪儿,摇着姐姐的手,恳求说:"姐姐,我要妈妈,我要妈妈呀!"

丽丽伸过小手,边替妹妹擦泪,边哄她:"好红红,快别哭,妈妈病了,咱咋见呢?"说着,冲小弟弟一撅嘴,"哼,都是他坏的!"

红红说:"姐,不是弟弟坏。胡奶奶说,妈妈生病,都是怨他的小鸡鸡儿!"

丽丽点点头:"好红红,你说得对!这小鸡鸡坏!咱用剪子,把它剪了,妈妈以后就不会生病了!"

红红听了,顺手从针线筐箩里抓起剪刀,递给姐姐。

丽丽接过剪子,掀开襁褓,扯过弟弟的小鸡鸡儿,伸过剪刀,"咔嚓"一家伙,给剪了下来,疼得婴儿"哇"地一声,断了气。

这会儿,胡婆婆提着水壶进了屋,一见这情景,吓得"啊"地一声惊叫,"叭"水壶落地,喊道:"可要了命咧!"扭头就往外跑。

再说刘根子连奔带跑,把媳妇拉到镇卫生院,媳妇早已断气了。刘根子霎时如五雷击顶,顿时头晕目眩,两跟直愣愣地瞧着媳妇的脸,僵在那儿。过了一会儿,他才"啊"地发出一声撕心裂肺的惨叫,扑到媳妇身上,放声大哭起来。

这时,刘奶奶也挪动小脚气喘吁吁地赶到了,一见这情景,顿时晕了过去。

就在医生们忙着抢救刘奶奶时,只见胡婆婆上气不接下气地闯进来喊道:"根子哎,快回吧。小三儿他也活不成啦!"

刘根子一听,"刷"地两只眼珠子瞪得像个电灯泡,嘴张了几张,一转身奔出了卫生院。

刘根子一口气奔回家,"噔噔噔"跑上楼,一头扑到床边,一摸,小儿子早已冰冰凉、邦邦硬,立时间浑身上下热血狂涌,浑身打颤,快要发疯了。

丽丽和红红见爸爸回来,扬起双手,像对蝴蝶似的扑过去,奶声奶气地喊:"爸爸,俺把弟弟的小鸡鸡剪了,妈妈以后再也不会生病啦!"

刘根子一听这话,如同烈火浇油,脑壳"轰"地就要炸开了。他脸色铁青,双眼喷血,像一只挨了枪子的狼一样嚎了一声,顺手抄起一旁的堵门杠,"乒乒乓乓"没头盖脑地将两个小姑娘揍得血肉模糊。

他眼瞅着两个女孩被砸得脑袋开花,倒在血泊之中,突然"呼"地扔掉门杠,照定桌角,猛地一头撞了过去……

过了一会儿,胡婆婆扶着哭哭啼啼的刘奶奶回到了家中,刘奶奶一见死去的两个孙女儿和脑袋开花、死在地上的儿子,"啊呀"扑到儿子身上嚎哭起来。

哭着哭着,她猛地站起身子,狂奔到床边,一把拎起婴儿,跺脚摇头,呼天抢地地哭喊:"老天爷啊,我盼呀盼的,到底盼来了啥啊——"

(张少英)

不准土葬

　　洞庭湖边上,有个天鹅镇,离镇不远,有个野鸭洲。野鸭洲最边上有一幢小楼,小楼里住着一对中年夫妻。男的叫王水根,长得腰圆膀粗;女的名刘翠娥,生性温柔贤惠。他俩生有一儿一女,孩子聪明伶俐,都在念小学。这一家人,生活富裕,合家和睦,乡亲邻里无人不夸,无人不羡!

　　王水根百样不缺,百样不愁,却有一桩心病:他愁人死了没有一块下葬的地皮。你道他年纪轻轻,为何就想到死后的事?原来王水根还有个年迈的老母亲,本来是与他一块过日子的,只因近年年迈多病,这儿政府强调火葬,可水根娘偏又害怕那"红火灶",成天长吁短叹,恳求儿子、媳妇,待她百年归山,不要将她弄去"化"了。

王水根是个大孝子,早早地给母亲准备了一副杉木棺材。可上边风声紧,又无法向老人家解释其中道理。后来听说水根姐姐水英那儿不强调火葬,水根娘便去了女儿家,为的是死后就埋在那里,落个"完尸"。

水根每月按时给母亲送去钱和米,尽心赡养,可总没有在家方便;再说,姐夫家也有老人,日子久了,总有闲言。老娘长住姐姐家,岂不是在等死?

你说这烦人不烦人!

这一天,又该给母亲送钱送米了。一早起来,水根拿了妻子用塑料编织袋装的米,又用提包装了20个鸡蛋,跨上自行车往姐姐家去了。

俗话说,天有不测风云。七月的天,说变就变,中午还是个大太阳,不等刘翠娥收完禾场上的柴草,满天的云就白茫茫地压过来,霎时间,狂风怒吼,电闪雷鸣,大雨倾盆。突然,一个闪电把大地照得雪亮,紧接着"啪——"一个大炸雷,仿佛爆炸了一枚重磅炸弹,震得房子都晃荡起来,吓得刘翠娥和两个孩子脸都白了。

这时,刘翠娥焦急起来,她担心丈夫会不会淋着大雨,他没带雨具,要是此刻在半路上,一定成了落汤鸡,不知那戆鬼知不知道躲雨。

正当刘翠娥胡思乱想的时候,雨小了,风也停了,只有远处的雷声还在"哼"个不停。刘翠娥赶快换上靴子,拿上雨具,交代了两个孩子几句,就匆匆出门接丈夫去了。

刘翠娥刚出门不远,就看见一辆自行车翻倒在路边,仔细一看,车把上还有一只自家的手提包。在离车子不远处的路边,横躺着一个人。

刘翠娥顿时惊得身子打颤,她哆哆嗦嗦地走过去一看,果真是自己的丈夫王水根!

刘翠娥像疯了一样,扑上去哭喊着:"水根！水根！你怎么啦？怎么啦？"可是,任她喊哑了喉咙,王水根还是直直地躺在地上,哼也不哼。

哭声惊动了野鸭洲上的人们,大家七手八脚地把王水根抬回家里,给他擦洗干净,换上衣眼。王水根仍旧一动不动躺着,就像睡着了一样。

大家这才相信:王水根死了,被雷劈死了。

早有人四处报信,将水根娘接了回来。可怜水根娘哭得死去活来:"儿啊,都是我啊,我不该让你这么迟回来啊！要不是我住你姐姐家,你哪会遭这个劫啊！"

这突如其来的横祸,更使刘翠娥痛不欲生,她一声声撕心裂肺的哭喊,令人揪心难受。

人死了,总得忙后事吧！

这时,有人说:"埋哪儿呢？"

又有人小声嘀咕道:"唉,还埋什么,不都得火化呗！"

不料这话被水根娘听得真真切切,一时惊得停住哭声:火化？太吓人了！那怎么行啊！她马上去劝媳妇:"儿啊,快别忙着哭了,刚才你都听见了,明儿若把水根拖去火化,连个完尸也没了。现在得赶快想个办法,求个囫囵尸首也好。"

这一说,大家面面相觑。镇里和村上早大会小会强调过无数遍了,死人不准土葬,一律火化。这怎么好埋呢？

水根娘说:"就让我儿睡我那副棺材吧。现在谁都要忍着点,不能哭,趁今夜抬出去埋了,过几天就是上面人晓得了,也没事了。"

大家一想,也只有这个办法才可避免火化。大家一合计,先派人分头叮嘱前来吊唁的人,不准放鞭炮,不准大声哭,不准让更多的人知道王水根死了。

这可苦了刘翠娥,欲哭不能,欲死不能,千般悲痛无法表达。

此情此景,铁石人见了也禁不住潸然泪下。

人们像小偷一样,把给水根娘准备的寿材抬了出来,也顾不了许多丧规哀礼,将王水根匆匆入殓,抬出去埋了。

再说野鸭洲被雷劈死了一个人,这样一件大事哪能瞒得住人?王水根的尸体当夜就被土葬了的消息,传到了村支书那儿,村支书急急给天鹅镇领导打电话。镇、村两级领导一商量,决定:开棺化尸。

第二天早晨,刘翠娥和婆婆还在伤心落泪时,就见村干部们陪着镇民政干部,带着花圈,燃放鞭炮,缓缓走来。等鞭炮声响过之后,村支书首先握着水根娘的双手表示亲切慰问,然后从地上搀扶起刘翠娥。水根娘见此情景,情知没能瞒住他们,索性放声大哭起来。

干部一班人一到,村里人便蜂拥而至,他们要看看:人死了,已下葬,难道你们还能将死人挖起来不成?

镇民政干部似乎完全明白大家此刻的心理,一字一顿地对大家详细说了火葬的重要性之后,指示村支书作出具体安排。

村支书接着说道:"刚才镇民政助理同志讲了话,大家都听到了。希望大家,特别是王水根同志的生前亲友,能理解和支持我们的工作。人死了,必须火葬,总不能土葬占个地方,让死人与活人争地盘。按规定,王水根同志的遗体,必须火化。尽管现在已经埋了,但是根据上级指示精神,我们还得采取补救措施。"接下来,他便做起水根娘的工作来。

就在这时,不远处传来汽车喇叭声,火葬场的殡葬车来了。

村支书一边做着水根娘的工作,一边示意预先安排的人,去动手挖王水根的土坟。

坟墓就埋在自留地里,上面还盖了草,当人们将棺木从土里挖出来准备启开时,刘翠娥和水根娘发疯似的一齐冲到棺前,用手捶打着棺木,哭声震天动地。

好不容易将她们拉开后,就有人将棺木撬开。当棺盖板被掀开时,人们一看棺材里的情景全惊呆了:只见王水根双目圆睁,嘴大张,双手紧抓衣扣,胸领被撕开,胸前袒露,有两道被手指抓破的紫色伤痕格外刺眼,一条腿曲着,一双崭新的皮鞋也被蹬掉一只。

原来王水根只是被巨雷震击休克而已,由于没有施行抢救就仓促入殓,竟被活活窒息而死。

水根娘一见,大叫一声,口吐白沫,眼一翻,一头栽在儿子的尸体上⋯⋯

(邹伏享)

小虎失踪

　　汪高发在红镇开了爿店,几年下来,手头有了好几万"哗哗"作响的人民币,有了钱,他就想抖抖威风,把十六平方的老屋拆了,翻造一幢红镇最高的四层楼房。

　　楼房造到一半,汪高发听说隔壁有人在筹划造五层楼房,当下和妻子一商量,决定再加两层,翻造六楼。结果十六平方地基上,竖起一座六层楼来,远远望去犹如消防队的瞭望台,有的人还以为是当年日本人造的炮楼呢!

　　不管人家怎样议论,汪高发可是看在眼里,喜在心里。他家虽说只有三个人外加一只外国哈巴狗,他却把偌大的一幢高楼安排得妥妥当当:一楼当铺面,二楼是办公室,三楼当卧室,四楼作会客室,五楼六楼堆放杂七杂八的旧物件。

新楼落成的这一天,正好是宝贝儿子小虎四周岁生日,真是双喜临门,巧上加巧。

这样的好机会,汪高发正好借此扬扬名。他经过一番筹备,鞭炮放了足足一小时,晚上大摆筵席,至亲好友,街坊同行,反正有一个算一个,红镇一华里的大街,几乎家家摆上了汪家的酒席。

他那宝贝儿子,长得虎头虎脑,活泼可爱,自然成了席上的明星,这家抢去抱抱,那家抢去亲亲。可没想等到席散人尽,汪高发夫妻俩猛地发现,小虎不见了!

这下子红镇可谓闹得天翻地覆,人们倾巢出动,下河、掏井,连大一点的阴沟洞都找遍了,就是不见小虎的踪迹。

汪高发急得脸色煞白,四肢冰凉;妻子哭得死去活来,眼睛肿得像胡桃一般。没有办法,只好在报上刊登"寻人启事",重金"收购"信息。

几天过去了,虽说来报信息的人不少,可都不着边际,汪家夫妇钞票甩出,脚杆跑细,可仍旧不见小虎的人影。

这天晚上,汪家夫妻俩无精打采地回到家,忽然看到双人沙发上有一只鞋子,那鞋正是小虎生日穿的!

汪高发焦急地对妻子说:"小虎娘,不好了,有人绑了小虎的肉票,送一只鞋子来是对我们打个招呼。"

妻子一听,浑身抽筋:"快、快去派出所报案!"

汪高发连连摆手说:"使不得,使不得,那些家伙认钱不认人,真要报告派出所,还不把我们小虎杀喽!"

"那怎么办?"

"等、等等吧,看他们开价多少。"

第二天早晨起床,小虎戴的一顶虎头帽又神不知、鬼不晓地放在沙发上,汪高发翻了半天,就是不见一张纸条。

怪事呀,绑票人不开价光送东西,是啥意思?

白天没有动静。这天晚上,夫妻俩速溶咖啡吃掉半瓶,两人将灯熄灭,躲在大床底下眼睛一眨不眨地注意着四下动静。

时钟敲过十下,突然好像从楼顶传来轻轻的脚步声,"扑扑扑"慢慢地到了五楼,"扑扑扑"又从五楼传到四楼,终于"扑扑扑"的脚步声在三楼卧室门前停住。

汪高发热血沸腾,举起一根木棍,喊了声"开灯"就一头冲出门去,随着灯亮,只见一个黄澄澄的东西"嗖"地一下蹿上楼去。汪高发急步追赶,脚下绊到一样东西,拿起来一看,是戴在小虎身上的长命锁。汪高发也不知从哪里来了胆量,他不顾一切地追赶上去。四楼、五楼房门开着,里面没人;待追到六楼,见楼门紧闭,窗门已被打开,那条哈巴狗站在门口"汪汪"乱叫起来。汪高发忙用钥匙开门,但房门似乎被什么东西顶住了,推了几下没推开,急得他退后一步,猛地将门撞开,开了灯一看,人立刻晕了过去。

原来大宴亲朋那天,小虎趁大人们忙得不可开交时,一个人偷偷地溜到楼上去玩,刚爬到六楼房内,一阵风吹来,将门关上,小虎人小,自己不会开门,黑暗中他乱摸乱爬,不巧撞倒一只箱子,人立刻被砸晕过去,这些天连伤带饿,已经停止了呼吸。那只哈巴狗看来还有点灵性,几次将小虎的东西叼下来……可现在,一切都已完了。

待将小虎安葬后,汪高发算了一笔账。这些天孩子死,票子光,这幢六层楼造得马马虎虎,说不定哪天雷阵雨来"轰隆"一声塌下来,这摆阔气的后悔药真不好吃呀!

(庄良勤)

啼 笑 皆 非

家家都有八出戏。哭笑不得，正是美妙的乐章。

戏夸海口

　　胜村的盛大妈向来争强好胜,近日她女儿小花七拐八弯嫁了个家在县城的夫婿,这下盛大妈更觉神气陡增,选个红红火火的艳阳天,她到县城走亲家来了。

　　一进亲家门,盛大妈受到了亲家母张大婶的热情招呼。说了一阵家常话,张大婶便叫小花开电视机,她对盛大妈说:"咱娘仨边看电视边唠叨,听小花说,你们那儿还没有通电呢。"

　　盛大妈一听,觉得张大婶有点小瞧人,便道:"通电了,才通上的电,小花,咱家也买了台大彩电呢!"

　　小花知道自家村子穷,家里那点底子哪够买彩电的,看来娘又在发烧了,但又不便点破,只得应了一声:"那太好了。"

　　张大婶并不知内情,问:"亲家呀,你家彩电多大的? 是十四吋,还是十八吋的?"

盛大妈接口道:"啊哟,大得很呢! 俺那儿电视机论尺不论寸,俺家那台,三尺的呢!"

张大婶一愣,不由捂嘴暗笑。

精彩的电视节目吸引了从没看过电视的盛大妈,她目不转睛地盯着电视荧屏。

张大婶笑着问:"她大妈,电视还不错吧?"

"嗯,还不错,不过不如俺家的好,俺家那电视啊,上面出的人比真人还大呢!"

张大婶顺水推舟地揶揄道:"那当然喽,三尺的电视机嘛!"

窘得小花恨不得找个地缝钻下去。

吃过午饭,邻家的小宝子来玩,盛大妈的村言土话逗得小宝子大笑。临走,小宝子扮个鬼脸,朝盛大妈说:"古得拜儿!"

张大婶笑着道:"小鬼头,对大妈说这洋话,你大妈可是听不懂哩。"

盛大妈好胜心又上来了:莫不是笑俺土气? 哼! 她忙抢着说:"懂的,懂的,小花她爹每天下地干活前就对我说:'狗得拜儿。'我说:'牛得拜儿。'哼,死老头子用狗来吓唬我,我就用牛给他顶回去!"

一席话,说得张大婶笑痛了肚子。

小花的脸红得像苹果:"娘,你就别说了,人家小宝子说的是英语'再见'。"

"什么鹰语、鸽子语的——"盛大妈哪里肯服输,"反正我听得懂。"

这天晚上,为招待亲家母,张大婶准备了丰盛的晚餐,鸡鸭鱼肉摆了满满一桌,馋得盛大妈直咽口水。

席间,张大婶把一盘红烧肉特意摆在盛大妈面前:"她大妈,吃呀,吃呀,这红烧肉可香哩。"

盛大妈尽管肚里馋虫直闹,嘴上却说:"哎呀,大肥肉呀,俺家天天吃,吃得都腻了,她大婶,还是你吃了吧。"说完,把盘子又推到了张大婶跟前。

三人正要举筷,屋里猛一黑,原来停电了。张大婶说:"到里间拿根蜡烛来。"只听"沓拉沓拉"的脚步声走向里间。

估摸张大婶离远了,盛大妈小声对小花说:"花儿,把那盘红烧肉给娘夹几块来,我在家还是你结婚那天吃的肉。"

话音刚落,屋内一亮堂,来电了,只见张大婶笑吟吟地望着她!啊,去拿蜡烛的是小花,不是张大婶。

盛大妈一脸尴尬,掩饰说:"瞧我年纪一大,就落了个糊涂病,没光亮嘴就乱说。她大婶,刚才我说的话你可别放心上啊!"

"她大妈,"张大婶挺热情地说,"你不知道,我也有个毛病,一没有了光亮,耳朵就听不见,刚才你说的话,我可一句也没听进去……"

第二天天没亮,盛大妈就回家去啦,她实在不好意思再多住一天了。

(王永坤)

电子手枪

　　小宝六岁生日那天,外婆送他一支电子冲锋枪,黑色的枪管,蓝色的枪身,勾勾扳机,"啪啪"脆响,往身上一挎,神气极了。

　　妈妈带小宝从外婆家回来,一进家门,小宝就"吱溜"一下钻进了爸爸的会客室。

　　一进门,见爸爸正坐在沙发上,弓着腰,双手抱头在那里发呆。小宝蹑手蹑脚地溜到爸爸身后,猛然用电子枪抵住爸爸的后脑壳,憋住嗓门,粗声粗气地吼道:"举起手来,你被捕了!"说罢,"啪啪"就是两枪。

　　随着枪响,只见爸爸浑身一哆嗦,两只手朝后一扬,嘴里只说了句:"我交代,我……"臃肿的身体便瘫软下去。

　　小宝见爸爸配合得如此默契,开心透了,大声喝道:"少装死！给我爬起来！"

可连喊几遍，爸爸仍旧一声不吭地伏在地上，一动也不动。

小宝一看，只见爸爸双眼紧闭，脸色青紫，嘴角泛出了一堆白沫……

小宝这下可吓坏了："妈妈快来呀，爸爸被我打死啦！"

妈妈听到喊声跑了进来，问清根由，拽住小宝一边打一边骂："小王八羔子！不知道现在正抓经济犯罪分子吗？你爸爸这两天心里正毛着呢，把他吓死了，你还有爹吗？啊！真混！"

（申之珉）

说了实话

故事发生在天津开往北京的火车上，一对素不相识的中年男女面对面坐着。

那男的建议道："火车要行驶一小时，咱俩可以做一小时无话不谈的朋友，可以互相问各种问题，但必须说实话，哪怕是心里最隐蔽的、平时最见不得人的秘密。我们没必要知道彼此姓名，因为一小时后到了北京，我们就各奔东西了。你同意吗？"

那女的觉得挺有意思，又有点刺激，便点头同意了。

男的说："我看你够漂亮，一定有很多男的追你。在你的爱情史上，有过几个男人？"

女的想了想，说："有三个吧，不过他们都不能使我满意。因为我不愿意去做一个孩子的妈妈，我喜欢的男子是强壮的，有时甚至粗暴,他能使我疯狂,也能保护我。但是这种男的在现代社会中已经不存在了,我们学校培养出来的都是书呆子,都是瞻前顾后的懦夫。看来,我命中注定只能单身一人,四处漂泊。"女的说完,无奈地一笑。

男的听完,深有感触地说:"我完全理解你。我也一样没结婚,因为我需要的不是妻子,也不是孩子的妈妈,眼药膏已经治不了我的病,我要的是砒霜,是一个身材丰满、头脑简单的潘金莲。可是现在的女性,都被孔夫子洗过脑了,即使有个别幸存下来,也被送进了劳改所,修整得规规矩矩。"

女的一笑,道:"男人的梦都一样。"

这时,火车已进入北京站,两人对视一眼,下车后转眼消失在人海中。

两个月以后的一天,这对中年男女在中山公园无意间面对面走过,两人都同时认出了对方,他们相互点头示意后,便分开了。

女的丈夫问妻子:"那个男的是谁呀,你认识吗?"

女的说:"就是我上回出差去天津在火车上碰见的,不知道是干什么的。"

这边,那位男子的妻子抱着孩子,气喘吁吁地追上自己的丈夫,急问道:"你跑这么快干什么? 哎,刚才那个女的好像在朝你笑,你认识她吗?"

男的一本正经地说道:"我从来没见过这个女人,她肯定是看错人了。"

(祁建庄)

好大酒量

大千世界,什么事都能有,什么人也都能有。

话说巴掌大的青峰小镇,有一对不满三十岁的小夫妻,夫妻俩老实忠厚,两人有一个共同的忌讳,都不好酒,他们从小到大,根本就没沾过一滴酒,不知酒是啥滋味,也不知各种酒是啥颜色。

忽一日,两口子时逢结婚纪念,这对畏酒如虎的小夫妻突然心血来潮,商量着要买点酒尝尝。

丈夫小孙说:"听人家说,喝啤酒不会醉。我昨天见楼下小卖店的窗口旁,写着有新到的散装啤酒,咱就打一瓶那玩意儿尝尝吧!"

正忙着炒菜的妻子小周说:"行啊,凑个趣儿嘛!"

于是,他们让六岁的儿子宁宁去打了一瓶散装啤酒回来。

小周把菜炒好了,端上了桌,一家三口围坐在一起。家里没有酒具,小孙找来两个小茶碗,给妻子和自己一人倒了小半碗,然后,端起茶碗,傻笑了一下,说道:"来吧,尝尝!"

于是,小两口小心翼翼地,各自用嘴唇抿了一小口。

小孙咂了咂嘴,问妻子道:"怎么样?"

小周道:"有点呛喉咙,不过还挺好喝的。你呢?"

小孙道:"我也是! 来,都干了试试?"

于是,小两口把各自那小半碗都干了。

两人吃了几口菜,小孙又道:"还敢不敢喝?"

小周道:"你敢我就敢,我啥事也没有。"

小孙这次把两只茶碗都斟满了,然后说:"来吧,咱试着喝,能喝就喝,喝不了拉倒。"

就这么着,两口子三试验两试验,一瓶酒终于都喝光了。

小孙抹抹嘴巴道:"看来,这啤酒是没劲,跟汽水似的,我还想喝点,你呢?"

小周说:"我也没觉得有什么不舒服,爱喝就让宁宁再去打一瓶。"

宁宁又去打回一瓶。

夫妻俩这回胆子稍大点了,这瓶酒一会儿就被喝个精光。

喝完后,小孙咂咂嘴,说:"我听别人说,这啤酒,人家一个人就能喝好几斤。干脆,趁着今天高兴,咱俩再来它一瓶! 最后一瓶!"

小周说:"喝点倒没啥,小心别喝醉了就行,咱是头一回喝酒。"

两人说着,就又让宁宁去买回了第三瓶酒。

夫妻俩边喝边唠,小周说:"我有一回看见一个人,他醉了,躺在大道上,滚了一身泥,又呕又吐,恶心死了!"

小孙说:"那回我也看见一个人,骑辆自行车像画龙似的,又歪又扭,撞了好几个人,自己也摔得鼻青脸肿,完了他还骂人。"

不知不觉,夫妻俩又喝进去一瓶。

酒足饭饱以后,夫妻俩毫无不适感觉,连脸都没红一红,倒觉着神清气爽,心情极佳。两人将碗筷收拾利索,又带着儿子出去散步。

走到楼下,正遇见开小卖店的陈大婶趴在窗口闲看。

看到他们,陈大婶问道:"小孙啊,家里客人呢?"

夫妻俩答道:"没有啊!"

陈大婶道:"那咋打了那么多酒啊?"

小孙道:"哦,我们自己喝的。今天……高兴!"

陈大婶惊讶道:"啥? 你俩一顿喝三斤酒?"

"嘿嘿,啤酒那玩意儿,没劲。"

陈大婶一听更惊讶了:"啥? 啤酒? 散装啤酒早就卖光了。你家宁宁来打了三次,我卖给他的,可都是纯60度的老白干儿啊!"

夫妻俩一听,不禁大吃一惊,面面相觑。

(庞洪成)

婆媳之间

　　桥东区住着一位姓张的老太太,晚年丧偶,只好和独苗儿子志强,以及过门不到两年的儿媳艳萍,生活在一起。

　　要说儿子还比较孝顺,儿媳也过得去,可就是对老太太不冷不热的,自打过门,除第一次"认大小"时叫过一声"妈",拿去100元见面礼外,以后就再没叫过一声。

　　看得出,儿媳艳萍平日尽量避免和老太太正面接触,省得叫"妈",有时候实在避不开,便硬着头皮低声叫一声"您老";对外,则常称老太太"老的",当着志强面,只称"你妈"。这些,传到老太太耳朵里,愈加让她伤心。因此,婆媳关系就像温吞水儿——不冷也不热,一个三口之家总笼罩在一种抑郁沉闷的气氛之中。

　　儿子志强看在眼里,急在心上。他一方面为老娘的心境不快犯愁,另一方面又为艳萍的现状着急,因为艳萍此次好不容易保住胎,再过三个月就要当妈妈了。两人都上班,生下的孩子咋办?就目前这种"温吞水"的婆媳关系,到时候,老太太肯定不愿当那不要钱的"家庭保姆"。雇个小保姆吧,一来不放心,二来家里也没多余的钱。

这可咋办?随着艳萍的肚子一天比一天"膨胀",志强的心事也一天比一天加重,眉头都快要皱出水来。

正在志强愁得一筹莫展的时候,奇迹出现了。一天,艳萍从外回来,一进家门,就面对面地冲着老太太脆生生地喊了一声:"妈!"老太太以为自己听走音了,没吭声儿,再侧耳细听时,又是一声甜甜的:"妈!"只见媳妇提起手中的"西装鸡",温声柔气地说道:"妈,我今天发工资,特意给您买了一只鸡,补补身子。"

天!这可是新媳妇坐轿车——头一遭!

儿媳妇的一反常态,弄得老太太反而不自在起来,反倒提防着媳妇要耍什么鬼点子。艳萍也发觉了,赶快关切地说:"妈,您一把年纪了,别再舍不得吃、舍不得喝。您要手脚不方便,还是让我来收拾吧,您歇着。"

夜里睡下后,志强试探着问艳萍:"嗨,你今儿咋一反常态突然就叫起'妈'来啦?"

艳萍一手抚摸着自己高高隆起的肚皮,一手戳着丈夫的鼻尖,诡谲地笑着说:"傻瓜,将来咱的孩子不叫我'妈'咋办?这叫——胎教!"

"哦——"志强恍然大悟,"胎教胜于言教!胎教胜于言教!"

(韩德贵)

小偷写信

丁教授最近搬进新居，老夫妇俩住三室一厅，好不喜欢。

这天，丁教授正在家闲坐，忽听"咚咚"有人敲门，开门一看，是个小孩子，他手里捧了一套线装书，可怜巴巴地问："先生，买书不？祖传的。"

丁教授一看，这是一套《随园诗话》，每本的扉页左下方有一颗印章：雪堂藏书。空白处还写有读后评语。便问："雪堂是你家什么人？"

"是我爷爷。"

"这套书你要卖多少钱？"

小孩伸出五个指头。

丁教授凄苦地笑了笑，说："好吧，这本书我买下了，就依你的这个数!"说完,拿着书进了卧室。小孩环顾客厅,心里一惊:这家的摆设像在哪儿见过。奇怪!

这时,丁教授从卧室里走出来,封了个红包给小孩,说:"这只是我的一点心意,实在帮不了你什么大忙。"

小孩从丁教授手里接过红包,凭手感,他觉得包内不会少于50元,心里不由大喜,忙向丁教授道了谢,就急匆匆地出了门。走到僻静处,打开红包一看,里面是一张信纸,写有好几行字:

孩子:《随园诗话》是我正在研究的一套书,感谢你将书卖给了我,只是酬金大零碎,请不要嫌弃。雪堂是我祖父,搬来新居前,我们家曾有人悄悄拜访过,借去了一套《随园诗话》,跟你的这套一模一样,还有300元国库券。金钱算不了什么,书却是我的传家宝啊!我因此苦恼极了。孩子,你年轻得令我忌妒,我是多么希望你能有个美好的未来啊!

小孩吃力地读完了信,才数钱。果然是50元,而且是零碎的,有角有分。

第二天早晨,丁教授刚起床,突然听到客厅里"扑通"一声响,他过去一看,见地上有一个用报纸包的大包。打开后,里面是他给那小孩的50元钱,还多了那被盗走的300元国库券。他写给小孩的信也被退了回来,却多了两行歪歪斜斜、没有标点、错别字一溜、看了令人啼笑皆非的铅笔字:

叫受先生你干妈不把我瓜了起来送公安句那羊也许我会好受些男怪有人说你们这号人牙过去臭儿今穷还正人军子这我领叫了……

(欧湘林)

妈妈帮我

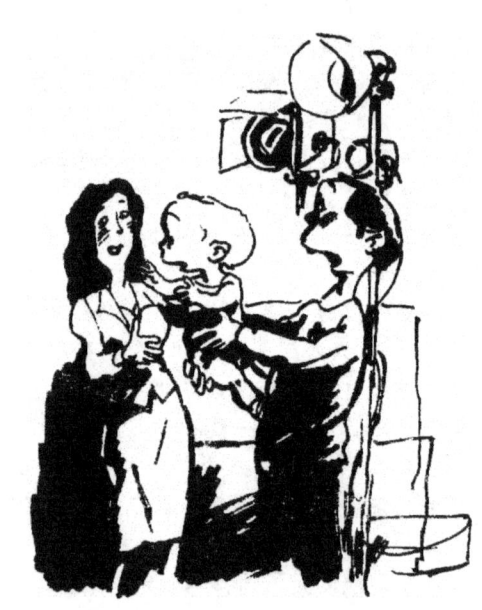

贝贝长得天真可爱,是全家大人们的掌上明珠。他自打娘胎里出来,就是饭来张口,衣来伸手,因此,平时贝贝就多了一句口头禅,不管碰到什么事,都要说一句:"妈妈帮我!"

这一天是贝贝的三周岁生日,妈妈带着他去红星照相馆拍生日照。

进了照相馆,妈妈见摄影师是位和自己年龄差不多的小伙子,就吩咐贝贝道:"贝贝,快叫叔叔。"

贝贝只顾低头玩那供拍照用的小熊猫玩具,就奶声奶气地说:"妈妈,你帮我叫一叫。"

"这孩子,'叔叔'怎么能让妈妈代你叫呢?"

妈妈笑了,叔叔也乐了。

叔叔把照相机镜头对准贝贝,调好光圈,又顺手拿起一只摇荡鼓,说:"贝贝,要照相啦,你笑一笑。"

贝贝的大眼睛眨巴眨巴,仍是那句老话:"妈妈,你帮我笑一笑。"

"哈哈……"妈妈和叔叔被贝贝这句话逗得止不住大笑起来。

拍完照,叔叔已经喜爱上这个逗人的小男孩了,他忍不住抱起贝贝,亲切地说:"贝贝,你真可爱,来,让叔叔亲亲你。"

贝贝一听急了,他一边张开小手向妈妈那边扑去,一边不住声地叫道:"妈妈,你帮我亲一亲……"

刹那间,妈妈和叔叔的笑声戛然而止,两个人的脸"腾"地都红了起来……

(王盘丝)